転生不幸 ～異世界孤児は成り上がる～ 1

登場人物紹介
リディル
エメの姉。
気遣いが出来る
頑張り屋さん。
エメの名付け親。
エメ
異世界に転生して
しまった元研究員。
好奇心旺盛で
負けず嫌い。
幼少・リディル
幼少・エメ

レナード
宰相兼
ヒンシュルウッド領の
領主。
ジゼルの恩人。
フェビアン
教育熱心な教師。
使命感が強い貴族。
ジゼル
寡黙な薬屋店主。
ぶっきらぼうな
お人よし。
セオ
裕福な商家の子供。
近所のガキ大将。

目次

プロローグ

我が人生に一片の悔いもなかった。

生まれた家は裕福で、父と母と兄の優しい家族に囲まれ、なに不自由ない環境で私は育った。幼い頃から見目悪しからず、才気煥発《かんぱつ》。都内有数のエスカレータ式進学校にて成績は常に一番。天性の運動能力のおかげで各行事でも大活躍。

小中高と首席で卒業し、某難関大学の医学部入学を当然のごとく勧められていたが、人口爆発の昨今、世界の食糧自給をなんとかせにゃならんと志し、同大学の農学部にトップ入学。

それから海外留学等々を経験しつつ、博士号を取得。世間に遅ればせながら国立機関の研究員となって、国のため世界のため研究に励んでいた。

昔から多忙な日々を過ごしていたが、友人も恋人もそれなりにいて、仕事同様にプライベートも至極、充実していたものだ。

婚期を迎えた最近はフリーだったが、実家の会社を継《つ》いで順調に経営規模を広げていっている兄が結婚し、両親は初孫を可愛がるのに忙しく、私に結婚を急《せ》かすようなことがなかったため、わりとのんびり構えていた。

家庭よりも、すべての人が飢えに苦しまない世界を築きたい――そんな使命感に燃えていた私に落雷が直撃するとは、夢にも思わなかった。

野外調査中で何もない畑のど真ん中にいた私の不注意だったことは認めよう。

だが曇ってきたなと思った瞬間に落ちるとはどういうことだ。

ギャグみたいだがマジだ。即死だったさ。痛みはわからなかったが、すさまじい衝撃だけは恐怖の記憶として残っている。

天才は神に愛されるがゆえ、早くに召し上げられるという。

私が優秀過ぎたということならば、仕方がないのかもしれない。志半ばで無念ではあったが、神の御許で穏やかな暮らしができるのなら、まだ納得できた。

――が、しかし。

白い光の中から目覚めると、なぜか私は赤ん坊になっていた。

自由に動けない小さな体、不躾《ぶしつけ》に覗きこんでくるやぼったい外国人顔、聞き覚えのない言語、まったく馴染みのない周囲の景色を眺めるうち、自分が知らない世界に生まれ直しているということを徐々に理解していった。

この事態を簡潔に表すと異世界転生。

なんということだろう。そもそも魂があったということが驚きだったし、赤子の未発達な脳でここまで深く思考できることも意味がわからなかった。

はじめは夢かと思ったが、何度寝ても覚めても変わらぬ景色に、やがて確信を持った。

私は科学者だ。どんなに信じ難《がた》いことでも、それが事実であるならば、ありのままを真摯《しんし》に受け止める。

こうして意識も記憶もある以上、転生の事実は否定できないのだから、諦《あきら》めて認めるしかなかった。なぜそうなったのかは不明であるにしても。

その時に思い出したのは、あどけない少女の頃に読んだファンタジー小説。

主人公の女の子が不慮の事故で亡くなった後、優しい神様の好意で裕福な貴族に生まれ直し、いわゆるチート、権力ばかりか魔法などの絶大な力まで手に入れ、王子様と結婚する物語だった。

主人公にとって、転生した先の世界こそが天国だったということなのだろう。

その法則にのっとれば、この世界が私にとっての天国。きっと、無念のうちに倒れた善良な人間を神様は憐れんでくださったのだ。

これからは物語のような愉快な人生が待っている——そう、思ったのだが。

なぜだか、ありとあらゆる世辞を駆使しても新しい生家は……ど貧乏、だった。

01

生まれてからしばらく、常に冷たくて硬い床の感触を味わっていた。

薄布たった一枚敷いただけの場所に赤子を寝かせるなんてあり得ない。ベビーベッドをよこせ！と、はじめは憤慨したものの、すぐに家の中に一つもベッドがないことに気づいた。

家というか、小屋？

たぶん五歩くらいでどこにでも移動できる狭さの場所に、私を含めて四人の人間が暮らしていたのだから、信じられない。

ボロい造りで隙間風がひどく、壁板が時折ぺらぺらめくれる始末。そんなところからひょっこり、鋭い顔つきのネズミが現れたりする。

おそらくはドブネズミというやつ。でかい。ものすごくでかい。私が小さくなったせいか、相手は三〇センチ越えの猛獣に見える。

それがなぜか臆せずこちらへ向かって来て、動けない私の耳元でふんふん匂いを嗅《か》ぐ。

「だめ！」

すかさず他方から伸びた手が、ネズミを追い払った。

一瞬だけ、耳に硬いものが触れる感触があった気がしたが、今……耳を齧《かじ》られるところ、だったかも。ネズミって人を襲う、のか。

ぞぞーっと背筋を嫌なものが走り抜けた時、私を助けてくれた手に抱き上げられ、幼い少女の顔が現れた。

「だいじょぶ?」

心配そうに首を傾げた彼女の細過ぎる肩に、赤茶けた髪の先がかする。きれいな深緑色の瞳がやけに大きく見えるのは痩せているせいだ。私の目と髪も、どうやら少女と同じ色をしているらしい。

彼女が、自分とおそろいだと言って喜んでいたから。

「あー、ぶー」

ありがとー、大丈夫だよー、と答えたつもり。言葉はだんだん覚えてきているのだが、いかんせん舌がまだ回らない。

「よしよし、エメはいいこねー」

だけどなんとなくは伝わったのかな。自分の身長の半分近くもある私を膝の上に乗せてあやしてくれながら、器用に繕《つくろ》い物などしている。

彼女は私のお姉ちゃん。名前はリディル。

エメという名は彼女が私にくれた、この世界での新しい名前。

他二人の同居人は父と母だ。昼間は二人とも仕事で家におらず、私たち姉妹だけで過ごしている。

床を這《は》って進むのが精一杯の私の世話と家のことすべてを、たった七歳の姉が一人で引き受けているわけだ。

現代日本だったらあり得ない話。

しかしこの世界では、もしかしたら珍しいことではないのかもしれなかった。

ぱっと家の中を見た限りでも、この世界の文明は非常に遅れているのだ。

調理には竈《かまど》を使い、火打石で火をつけており、電気もガスも水道もない。水は外から桶《おけ》で汲んでくるようだ。

窓もないので昼間から薄暗い。隙間風と共に生ゴミか何かわからないが異臭が常に漂ってくる。

風呂に入らず、水で濡らしたボロ布でたまに体を拭うくらいでは匂いは取れない。床をノミが跳ね回っていてぞっとした。

そんな生活の中でも一際耐え難いのが、食事。

「ごはんだよ～」

木製スプーンで鍋から直接掬《すく》った半透明のスープを、お姉ちゃんがにこにこ笑顔でこの日も押しつけてくる。

彼女ががんばって作ってくれた手料理はありがたいのだが、鍋で煮込まれているのは丸ごとのネズミ。

離乳食がネズミ！　離乳食がネズミ！

ショッキング過ぎたので二回叫ぶ。

仕掛け罠を使い、捕らえたネズミを当たり前のように食す日常に目眩《めまい》がした。

スープに毛が浮いているんだよ！　頭がっ、足がっ、尻尾がっ、生々しいんだよ！　せめて捌《さば》いてくれよ！

泣いてもわめいてもスープは問答無用で胃に流し込まれる。じゃないと生きていけないから。それを理解できた頃には、吐き気を我慢し、涙ながらに飲み下せるようになった。

神よ、あなたがもし本当に存在し、私の運命を決定しているのならば問いたい。

私の魂の受け入れ先はここ以外になかったのか⁉　異世界転生で生活水準下がるってどういうことだよ⁉

転生先は天国じゃない、困難と苦痛に満ちた新たな人生だったのだ。

だがそれに気づいた後でもまだ、まだ私は希望を捨てていなかったさ。

いいじゃないか多少（?）貧乏だって、温かい家族さえいれば。物質的な豊かさだけがすべてじゃない。皆で支え合い、慎ましやかに生きるのも一つの幸せの形さ。生前、色んな人に出会い、色んな生き方に触れてきた私はそのことを知っていた。

だからまだ前向きに信じていたのだ、ほんの少しの間だけは。

夜になると、父親が酒を飲んで帰ってくる。

両親の具体的な仕事内容を私はよく知らないが、小柄な父親は日に焼けた肌をしていたので、ガテン系なのかなあと思っている。たぶん日雇い。

「また飲んだの!?」

一足早く帰って来ていた母親が、蝋燭《ろうそく》の明かりの中でヒステリックに叫ぶ。細身でわりときれいな人だと思うのだが、壁に映る影はまるで怪物のようだ。

「今日の稼ぎは!?」

「飲んじまったよ」

答えは父親の言うべきものではなかった。だがこんなのは初めてのことじゃない。

それで怒った母親が暴言を浴びせればキレる。キレて暴れる。母親も母親で妙に勇ましく、鍵のかわりに使ってる扉のつっかえ棒をもって応戦する。

激しい夫婦喧嘩《げんか》の開始と同時に、姉が素早く私を抱えて外へ逃げた。

「だいじょうぶよ」

遠くへは行かずに小屋の裏側に回って地面に座り、姉は膝の上に乗せた私を抱きしめる。

「まだちょっと、さむいね」

背後の喧騒など耳にも入っていないかのように、彼女は暢気《のんき》に呟く。

今は春先くらいだろうか。もっと寒い日にも、彼女とこうしてくっついて過ごした記憶がある。

この辺りはあまり雪が降らないようで、助かった。

街灯すらない道で、見上げた空には白い月がある。半月から少し太ったくらいの中途半端な形のものでも、近くにいる人の顔が見えるくらいには、夜を明るく照らしてくれる。

両親は子供たちが怪我するかもとも考えず、平気で取っ組み合いの喧嘩をするような無神経な人たちで、日々の世話もほとんどしてくれない。

私に関しては名前さえ与えてくれなかった。

察するに、おそらく私は、彼らに望まれて生まれた存在ではなかったのだろう。

きっと、予期せずできてしまった命。

キリストの処女受胎のようなものだったりして。ま、私には奇跡の力なんぞ欠片《かけら》もないが。

姉がいなければ、不幸を嘆く暇もなく、生まれてすぐに死んでしまっていたかもしれない。

「エメはいつ、しゃべるかなー？」

夜空の下で、私のほっぺをふにふにして遊ぶお姉ちゃん。関係ないことを考えて、後ろの喧騒を殊更《ことさら》に聞かないようにしているみたいだった。そうやって不安を押し込めているのだろうか。

「リディルって、いえる？」

自分を指して最初に名前を呼ばせようとする。

ハイハイを始めたばかりの乳児にとっては無茶ぶりだが、ここは応えてあげるべき。

「ぃー、う」

「ぜんぜんちがうー」

お姉ちゃんは不満げに口を尖《とが》らせる。努力はしたよ。だけど舌がうまく動かないんだよ。

「り、でぃ、る」

一音一音区切って教えてくれるので、なんとかそれを真似してみる。

「り、ぃ、うっ」

お、ちょっと近づいたんでない？　だがオッケーは出なかった。

「り、でぃ、る！」

「りー、る！」

ディが難しい。

どうしても言えず、彼女も五回目あたりでさすがに諦めてくれた。

「じゃあ、おねえちゃん、は？」

と思ったら、もっと長いのキター。

「り、る、にぇ！」

これで勘弁してほしい。彼女は大きな目をぱちくりさせ、私の発した言葉を言い直した。

「リルねえ？」

そう、リル姉。生後一年に満たない赤ん坊がここまで言えたら立派なもんですよ。

「ちょっとちがうけどー、うーん、いっか」

彼女は満足そうに笑う。

よかったリテイク地獄に陥らなくて。短い間でも口が疲れたよ。

「もっかい、いって」

ところが無邪気な笑顔でさらなる要求が。

「りるにぇ」

「もっともっと！」

「いるにぇ」

「またちがう！　もっかい！」

「いうにぇ！」

「さっきよりちがう！　もっかい！」

うわーん、結局リテイク地獄だー。

勘弁してほしかったが、うまく言えれば笑ってくれるのが嬉しかったから、体力の続く限り付き合った。子供の不安を紛らすことができるのなら、まだ私が生まれた意味はある。

この日は、二人とも気づいたら外で眠ってしまっていた。

朝日に起こされ、家の中に戻るとひどいありさま。数少ない鍋も木製食器も、竈の灰までまきちらされ、しかも片付けもせずに両親ともに仕事へ行ってしまったので、お姉ちゃん、リル姉が掃除をするはめになる。

なんというか、姉妹の絆は結べても、両親との愛を育むには難し過ぎる環境だった。


前世の記憶があり、精神的にすでに大人だったことは、崩壊寸前の家庭において救いだったと思う。しかしそれだけでは、どうにもならなかったのも事実。

立って歩けるようになっても、小さな体では暴れる父親を止めることなどできなかったし、舌ったらずな口で喧嘩の仲裁に入ることもできなかった。

騒がしい夜は相変わらずリル姉と家の外で過ごし、雨が降っている日は部屋の隅で息を殺して、静まるまでひたすらに耐えていた。

父親が帰って来ない夜も同じ。母親が私たちに当たるのだ。

やれ掃除ができてないだの飯がまずいだの、うるさい小姑みたく。

そして夜中に月明かりで掃除をやり直しさせられる。

彼女はどこかの家で掃除の仕事をしているらしく、どうやら昼間に自分が怒られたことの鬱憤《うっぷん》を晴らしているようだ。

愛を育むどころか年を経るにつれ両親とも、もはや親だと思いたくもなくなった。転生先には温かい家庭すらなかったのだ。


神よ、再び問おう。

私に一体なんの恨《うら》みがあったんだ⁉　信仰してなかったからか⁉　そもそもどこのどちらの神様なんだあんたは⁉

そんなに私が憎いなら、いっそ魂ごと消滅させてくれればよかったのに！

自分より背の高い箒《ほうき》を振るい、砂埃《すなぼこり》を掃き出すついでに、怒りと夜の眠気を発散させるくらいしか、今の私にはできることがない。

母親の理不尽に立ち向かっても叩かれるだけなのだ。その時に私を庇《かば》ってリル姉が一緒に叩かれたので、以降は悔しいが、黙って従うことにしていた。

「エメはねてていいよ?」

目をこする私を、優しいお姉ちゃんは気遣ってくれる。が、そういうわけにいかない。

「ううん、やりゅ」

むしろ休んでほしいのは彼女のほう。私が心から愛せる家族はリル姉だけだ。彼女のためだと思えば眠くても叩かれてもがんばれる。

だが、いつまでこんな生活を続けたらいいもんか。

四年過ごしてすでに我慢は限界まで達している。リル姉の教育にもかなり悪い環境だ。父親なんて最近めっきり見かけないし、母親の帰りも近頃は遅くなってきている。親とは名ばかり。

もし、リル姉よりも私が十年早く生まれていたなら、とっとと彼女を抱えてこんな家、出て行ってやるのに。

色々と、ままならない。


——そんなことを考えていた、ある夏の日。

事は唐突に起きた。


「じゃあね」

冗談みたいな軽い挨拶のみを残し、母親が家を出て行ったのだ。

はじめは、意味がわからなかった。

いつもなら仕事をしている時間に、いきなり帰って来て荷物をまとめたかと思うや、道に止まっていた幌馬車に乗り込んでしまったのだ。

御者をしている若い男の腕に掴《つか》まって、彼女は去ってしまった。


なんの説明もなかったが、もう二度と戻って来ないのだろうことはわかった。

今の生活にうんざりしていたのは、親のほうも同じだったたってわけだ。

新しい男を見つけて、新しい場所で生きるつもりか？

私たちを捨てて。

ふざけんなと、叫んだ言葉は届かなかった。


捨てるつもりが捨てられて。

しかし、事はそれで終わりではなかった。

親のいない夜を過ごした後、翌日の夕方頃に、知らないおじいさんがやって来たのだ。

彼はこの物置小屋のような家の持ち主だという。借家だったことをそこで初めて知った。

そして唐突に、私たちに出て行くよう告げた。

「お、お父さん、かえってくるから」

精一杯抗議しようとしたリル姉だったが、おじいさんは首を横に振る。

「お前らの父親は死んだよ」

さすがに、驚かずにはいられなかった。

すでに二週間ほど、彼の姿を見ていなかったが……酒を飲み過ぎて、前後不覚に陥り水路で溺れたそうだ。貨物を積んだゴンドラが通る水路だという。今朝、発見され、すでに片付けられたらしい。まるでゴミを掃除したみたいに言っていた。

奇《く》しくも母親が出て行ったその日に、父親は死んだのだ。

悲しくはなかった。いっそ馬鹿馬鹿しいとさえ思った。

いてもいなくても同じだったはずの、役立たずな両親がいなくなったせいで、情け容赦なく私たちは家を追い出されたのだ。


リル姉はたった十一歳、私は四歳なのに。

これから、どこでどうやって生きろと？


お金はない。お腹が空いている。着ているワンピースは脱げば雑巾と見分けがつかないボロさで、靴すら履かせてもらってない。そんな子供を、道の上に放り出すのが世間か。

行き場のない怒りを抱え、どこに向かえばいいのかもわからず立ち尽くす私の手を、姉がぎゅっと握った。

「だいじょぶよ」

長い影が落ちる道の先へ、彼女が歩き出す。

それに合わせて私の足も自然と前に出た。

「リルねえ」

どこに行くのか、あてはあるのか、そんな疑問を含めて、彼女を呼んでみる。

私と同じ、深緑色の瞳はまっすぐ前へ向けられていた。

「だいじょぶ。エメはお姉ちゃんが、守るからね」

はっきりとした強い宣言。

彼女は生まれてからずっと私を守ってくれていた。無責任な両親にかわり、名前をくれて世話を焼いて、愛情を注いでくれた。

今もそう。

同じ不幸の底へ堕ちた少女が、私のため、泣きもせず前を向いているのに。

私は、これからも彼女にただ守られているつもりか？


――否。

神が本当にいるとして、記憶を持ったままここに私を転生させる意味があったのだとしたら、も

しかして、この子のためなのではないか？

違ってもいいや。自分で決める。まっさらな魂に刻み込む。

この地獄から脱し、リディルを幸せにすることが、新しい私の使命だ。

02

そんなこんなでセカンドライフ、改めてみなしごスタートである。ハード過ぎる。

しかし文句を言ってる暇はない。

これから姉妹二人で生きていく方法を探さねばならないのだ。


ほとんどあの小屋から外へ出たことのなかった私は、自分の生まれた街のことすらよくわかってない。だから毎日私と一緒にいたリル姉にも、いいあてがあるわけではなかった。

元自宅の周辺はやたら人相の悪い大人が多く、道は汚いし立ち並ぶ家々は一様にボロいし小さいし、夜鷹《よたか》のような雰囲気の女性が立っていたりして、あまり子供によろしい場所ではなさそうだったので、とにかくもう少し普通の人が住んでいそうな区画へ移動することにした。

中心部を目指して、さりげなくリル姉の手を引いて行く。

迷わないように、道はなるべく城壁に沿って進んだ。

この街はいわゆる城塞《じょうさい》都市なんだろう。高い石の壁がどこまでも続いており、街全体の大きさがどのくらいなのか計り知れない。

歩いているうちに辺りがだんだん薄暗くなっていく。城壁の上に設けられている見張り場に灯った松明《たいまつ》が、不気味な赤紫色の空に浮かんで見えた。

うー、夜になる前に身を寄せる場所が欲しい。今は夏だから、外でもなんとか寝られないことはないが、ずっとは無理だ。孤児院とかソーシャルワーカーとかないのかなこの世界。どう考えても子供だけで生きるのは無理だ。なんとか気のいい人に拾ってもらいたい。が、どうやって探したもんか。

悩みつつ歩き、やがて大きな通りに出られた。

左手に、金属で補強された城門がそびえている。門はぴっちり閉じられ、両脇には大きな松明が焚《た》かれていて、鎧《よろい》を着た兵士の姿もあった。

「…ここでたら、まちのしょと？」

外はどうなっているのだろう。リル姉に訊いても知らないことはわかっているが、つい口に出てしまった。

リル姉は門を見上げたまま首を傾げる。

「かなあ？」

「みてみたいね。あさに、あくのかな」

しばらく立ち止まっていると、門番らしき人が私たちに気づき、なぜか睨《にら》んできた。

あまりの剣幕にリル姉がびっくりしてしまい、私を引っ張って反対側へ走って逃げる。ずいぶんと感じの悪い兵士だ。

大通りはよく道が整備されており、裸足の身には嬉しい。通りに面したところでは、店舗がぼちぼち店じまいをしている様子が窺えた。

ぎっしり立ち並ぶその数から見て、どうやらここは商業都市でもあるようだ。農地は見当たらないし、大通りの橋の下を通る水路はゴンドラが二隻すれ違えるくらい広い。

物珍しさにきょろきょろしていた私たちだったが、近くの店から漂ってきたいい匂いに吸い寄せられた。

店は入り口を開け放しているパン屋で、カウンターの奥の棚に、人の拳《こぶし》に似た黒くて硬そうなパンが並んでいる。

匂いが漂っていると言っても焼きたてなわけじゃない。すっかり時間の経ったかちかちのパンにさえ、飢えた私たちの鼻が敏感に反応しただけ。

家ではネズミやら雑草、たまに豆で、パンはほとんど食べさせてもらえなかったので、とても貴重な宝物に見えた。炭水化物が激しく恋しい。

ふと、小公女の話を思い出した。

お金持ちだった主人公が父の死をきっかけに華麗な手のひら返しに遭い、通っていた学校の使用人となってパン屋にお使いに行った際、優しい店主がパンをおまけしてくれる。

そして主人公は店の前にいたみなしごに、自分も腹を空かせているにもかかわらず、もらったパンを与えるのだ。

小公女でなくとも、店から出てくる客のうち、誰かが私たちに恵んでくれないか狙ってみるが、素通りだ。そもそも時間帯が悪いのか客がほとんどいない。

するとそろそろ、ここも店じまいなのか、店主の男が出てきた。

すかさずリル姉が男のエプロンの紐を捕まえる。

そこで初めて私たちに気づき、驚いている店主へ、リル姉はたどたどしくお願いしたのだ。

「あの、ごめんなさい。何か、くれませんか」

「は?」

何かじゃだめだよリル姉。店主がぽかんとしてる。

「たべりゅ、もの!」

慌てて私が言葉を噛《か》みつつ付け足した。

私たちが物乞いなんだとわかった店主は、それは可哀想にと売れ残ったパンを分けて……くれなかった。

「しっし、お前らにやるもんなんかないぞっ」

リル姉の手を振り払うまでコンマ一秒もなかったんじゃないかな。マニュアルで対応が決められているかのように迷う暇《いとま》すらなかった。

「少しでもいいんです、この子のぶんだけでもっ、ゴミでもいいから!」

う、なんて健気なんだお姉ちゃん。でもゴミは嫌だなできれば。

いやいやそんなこと言ってる場合じゃないぞ。私も取り縋《すが》らねば。

「おねがいなの! うれのこったパンとか、ちょーだい! どーせすてゆだけでしょ!」

「うるさいうるさい! 捨てるもんはないし何もやらん! しつこいと兵士に突き出すぞ!」

ひど⁉

こんな幼い子供相手になんて脅し文句だ！　兵士って要は警察なんだろうけど、いらない物をくれと言ってるだけでなんで突き出されにゃならないんだ！

無慈悲な所業にふつふつと怒りがこみ上げ、思いきり足を踏んでやったが、体重が軽過ぎて気づかれもしなかった。

しまいには店主がパン生地を伸ばす棒を振り上げたので、慌てて逃げた。

大通りからいくつも伸びる道の一つに入り、しばらく走ってから後ろを見たが、店主もさすがにそこまでしつこくは追いかけて来なかった。店の前から追い払えればそれでよかったのだろう。

「もうっ、おっかけて、ないよっ」

私の手を一生懸命引っ張ってくれていたリル姉に報告し、リル姉も自分で後ろを確認してから、ようやく止まった。

そして突然、リル姉は地面に座り込んでしまう。

「どうしたの⁉」

逃げる時に足でも痛めたのかと思ったが、そうではなかった。

リル姉の大きな瞳にじわじわ涙が浮かび、とうとう、両手で顔を覆って泣いてしまった。

親をなくし、家を追い出され、お腹が空いている時にこの仕打ちだものな。恐怖をきっかけに、これまで我慢していた分も一緒に溢《あふ》れたのだろう。

その様子を見ていたら、私まで怒りを通り越してどうしようもなく悲しくなってきた。だが、なけなしの理性で歯を食いしばり、泣き声だけは上げるまいとする。

だって私まで泣いてしまったら、リル姉をもっと不安にさせてしまう。

わずかに滲《にじ》んだ視界を拭い、冷静を取り戻す。


もう夜になる。

今日のところの食料調達は諦めて、安全な寝床を探さなくては。


「リルねえ、いこ？　ねるとこ、みちゅけよ？」

うずくまった背中をさすってあげると、ぐしゅぐしゅになっている顔を上げてくれた。

「ごはんは、あしたさがそ？」

「……うん」

今度は私が半歩前を歩く。

空が紺色に染まり、辺りはもうだいぶ暗くなっている。通りを歩く人が黒い影にしか見えず妙に怖い。安心して眠れる場所が欲しかった。

しかし店の裏手や倉庫の陰、橋の下、街路樹の傍《そば》などあちこち彷徨《さまよ》い歩くも、なかなかいい場所が見つからない。

というのも、よさそうな場所には必ず、小さな先客がいたのだ。

私たち姉妹と似たような年格好で、暗闇の中、同じように目を大きくさせている痩せた子供が膝を抱えて、あちこちに。

パン屋の店主が私たちを追い払った理由がこれでわかった。

街には、みなしごが大勢いたのだ。

一度恵めば、他の子供が噂を聞きつけ集まってしまう。ここで長く店をやっているような相手には、はじめから情に訴えても仕方なかったのだろう。

この分では孤児院もありそうにない。

それどころか、身元を引き取ってくれる人など望めないかもしれない。路上にいる子供の多さからそれらは窺い知れる。

やがてどこかの建て物の裏に寝床を見つけ、ようやく息を吐《つ》けた。

リル姉は不安感からか、いつかのように私を抱きしめて眠る。

その小さな背に手を回し、ゆっくり優しく叩いてあげながら、私は想像以上に深刻な状況に、密かに戦慄《せんりつ》していたのだった。


腹が減った。切実に。

朝になって人通りの増えた道に座り、施しを待ってみるが一様に素通りだ。

黙って待っているだけではだめらしい。しかし近づくとなぜか逃げられる。

こちとら可愛い盛りの年頃だ、怪しい者には見えないと思うのだが、どうやら私たちのような子供全般が警戒されているらしい。

「おなか、すいたねー…」

歩きながら、リル姉が弱々しい声を漏らす。通りの店から漂う、何かのおいしそうな匂いが私たちを苦しめるのだ。腹減り過ぎて胃がねじ切れそう。

うう、店の裏手でゴミ箱でも漁《あさ》るしかないのか。実際、そういう子たちを何人も見かけた。

でもそれをやると、いよいよ堕ちた感じが強くて嫌だ。いつまでも意地を張ってはいられないけどもさ。

「おはなー、いいまへんかー?」

他にも、こんなかけ声を上げて、小さな小さな花束を売る女の子の姿を見かけた。

彼女たちも裸足で、私たちと似たようなボロ布をまとっているから、みなしごだろう。なんだか変な言葉遣いなのは前歯がないせいだ。

彼女らが一生懸命に押し売っている黄や白の小さな花は、土が剥《む》き出しの街中でよく見かける雑草だった。

あんなものでも売れるんだろうか。

誰にも恵んでもらえないのなら、私たちもああいうことをすべきかもしれない。

歩いているうちにまた日が暮れる。

何軒か店を回って、何人かの袖を捕まえてみたが、だめだった。大体が邪険に振り払われた。

一日中歩いた疲れで、姉妹ともにぐったりだ。

そんな夕暮れ時に、ちょうど通りかかった店の前で野太い声をかけられた。

「おい、そこの！」

外に出された酒屋のテーブル席で、早めの仕事を終えたらしい男の一人が、片手でちゃりちゃり音を鳴らし、私たちを呼んでいる。音の主は手のひらに乗っている、数枚の硬貨。

「ほらおいで」

まるで餌で鳩でも呼ぶかのように、硬貨を持つ手を前に伸ばす。同じテーブルに座っている他二人のおっさんたちも嫌な笑みを浮かべてる。

うん、明らかにやばい雰囲気だ。

ふらふら行きそうになったリル姉を体全部で押し止《とど》め、その手を引っ張り急いで店の前を離れた。

「エメ待って、お金くれようとしてたのにっ」

「あーゆーの、だめ」

あんなの、食虫植物みたいなもんだ。金を取りにいったら最後、こっちが喰われるに違いない。

空腹でもその辺の判断はしっかりするぞ。

「こっちが、なんもゆってないのに、ものくれうのはだいたい、わるいひと」

「……なの？」

「なの。きをちゅけて。やさしそうなのが、いちばん、こわい」

あいかわらず舌がうまく回らないので緊張感薄いが、頼る相手の見極めは大事ってことを伝えたい。世の中どんな趣味嗜好《しこう》の人間がいるかわからんからな。私がリル姉にしっかり教えていかなくちゃ。


しかしそろそろ何か腹に入れねば、ああいう性質《たち》の悪いのに世話になるはめになりかねない。

ひとまず今は休める場所を求め、どこかの道に入った際、後ろから私たちを追い抜かし、裸足の子供たちが、一軒の小屋に入って行くのが見えた。

リル姉と顔を見合わせ、小屋の入り口を覗いてみる。

中には先程の子供二人と、頭にバンダナをした男が一人。子供はどちらも女の子で、肩下くらいまで伸びた茶色の髪を、椅子に座った男にナイフでざくざく切られ、不格好なベリーショートにされていた。

女の子たちの髪を切り終えると、男は彼女らの小さな手に銅貨を三、四枚落とし、少女らは小躍りしながら飛び出していった。

「リルねえ、ここきっと、かみうりだよ」

「髪を売れるの？」

「みたい」

かつらにでもするのだろう。こういう商売って本当にあるんだな。

「入るなら入れ」

開きっぱなしの戸の陰に隠れ、こそこそ言い合っていたら中の男に気づかれた。

やや威圧的な口調。少し怖いけど……

「ね、リルねえは、かみ、うってもいいって、おもう？」

私もリル姉も肩甲骨《けんこうこつ》くらいまで伸びている。髪なんて所詮《しょせん》は死細胞が連なっているに過ぎない代物なので、私は特に執着しないが、リル姉はどうだろう。

髪型を気にしている場合ではないけどね、女の子だからね。

「う、うん、売れるなら、もちろん売るわっ」

若干ビビりつつも、リル姉は何度も頷いていた。やっぱり空腹には敵《かな》わないか。

思いきって中に入る。

男は床に散らばった先程の少女たちの髪を集め、紐で束ねていた。できた房は隅に置かれた木箱に放る。茶色、黒、灰色など、少しずつ色の違う髪の束がいくつも、ある程度分類されて中に入っていた。

「新入りだな」

私たちを見て男は薄ら笑いを浮かべた。右頬に大きな火傷《やけど》の痕がある、少し不気味な青年だ。

新入りっていうのは、路上生活の、ってことか？

私たちが孤児になって日が浅いことを、一瞥《いちべつ》しただけで見抜いたらしい。子供相手の商売を長くやっている人なのかもしれない。

「かみ、うれる？」

一応警戒し、ナイフの切っ先が届かない位置に止まって尋ねる。

男は私たちの警戒心を見て取ったのか、ナイフを下げた。

「買ってやるさ。赤毛は悪くない」

「それ、かして。じぶんで、きる」

リル姉のことは入り口付近に留まらせ、男の持つナイフを要求。刃物を持ったよく知りもしない相手に背を向けるのは嫌。

「はっ、しっかりしてんね」

男は馬鹿にしたように言いつつも、意外とあっさり刃物を渡してくれた。

まず自分の髪をざっくり根元からやってしまう。切れ味が悪くて痛かった。

そしてリル姉のも私がやる。あんまり変にならないように、と言っても難しかったが、なるべくじぐざぐにならない努力はした。

髪の束とナイフを渡し、かわりに二人分の銅貨を九枚、手のひらに落とされた。

すっかり錆びた色をしている一〇〇ベレ硬貨だ。ベレがこの国の通貨単位。クソ親どもに使いっ走りにされたりしたこともあったので、一応お金の知識はある。

大金ではないが、ご飯を買えるくらいの値段ではあるはず。

これで今日を凌《しの》げる！

リル姉と二人で手もとのお金を覗き込み、歓喜に打ち震えた。

「なんなら、歯も買ってやるぜ？」

不意に男がズボンのポケットからペンチを取り出した。

「そっちの妹はだめだが、姉ちゃんのほうなら買ってやる」

冗談じゃない、永久歯を抜く気かボケ。

ところがリル姉は期待に満ちた目を男に向けている。やばい、本当にお金が手に入ったからその気になっちゃってる。

「だめ！　おかねより、は、だいじ！」

慌ててリル姉を押し止める。

喋れなくなるし、そもそもご飯が食べられなくなるからね！　ご飯のためにお金が欲しいのにさ。

野生動物は歯がなくなったら死ぬしかないんだぞ。なんのために今まで、歯ブラシがわりに木の枝を齧らせてきたと思ってる。

「一本や二本、なくたって困りゃしないって」

男が椅子から腰を浮かし、このままだと無理やり抜かれかねない予感がしたので、リル姉を引っ張り急いで撤退した。

もう、なるべく行かないほうがいいかもしれない。

「エメ！　またなんで、逃げるのっ？」

小屋が見えなくなったところで、リル姉が不満を漏らした。

私は足を止めないまま、リル姉の手も放さないまま答える。

「おかねよりだいじ、あるよ。リルねえは、じぶんだいじにして？　エメとおなじくらいよ？」

「でも」

「は、ぬくのいたいよ。すっっごくだよ？　それにきっと、あんまりおかねならないよ」

少なくとも歯を失うのに見合う対価をあの男が出せるとは思えん。

その辺りのことを、拙《つたな》い言葉遣いながらリル姉にこんこんと説明してみたら、

「…どうしてエメはそんなに、いろいろ知ってるの？」

素朴な疑問を投げかけられた。

「髪売りとか、話しかけていい人とか、だめな人とか、なんでわかるの？」

精神年齢が三十路越えて危機管理がいい加減できてるからだよ、と言っても意味わからんわな。

適当にごまかしとこ。

「リルねえをたすけるために、かみさまがエメに、ちえをくれたのよ」

案の定、リル姉はきょとんとしていた。

本当のことは機会があれば、いずれね。

とりあえずお金をゲットできたし、今日一日観察して、街のみなしごの生き方もなんとなくわかった。明日からはさっそく実践しよう。

今はとにかく命を繋《つな》ぐこと。絶望的な状況ではあるが、生きてりゃなんとかなるさ。

先はそのうち、見えてくるはずだ。

03

「——そこのおにいちゃん！」

なるべく可愛く、ついでにぴょんと跳ねたりなんかして、昼間の通りを行く男の注意を引く。まず警戒されるが、明るく笑顔で回り込み足を止めさせるのだ。

「くつがどろどろよ？　きれいにしてあげるよ、かくやすで！」

「は、靴？」

男がきょとんとしているのは、路上の靴磨きという商売がこの街に不思議となかったせいだ。

地面が剥き出しの道路で多くの人が革靴を履いているために、よく手入れをしていないと土埃でくすんでしまう。どことなくめかしこんでいる男の靴も同様だった。

「おしゃれはあしもとから！　そんなきったないくつじゃ、フられちゃうよ？」

「…そ、そうかなあ」

素直に自分の足元を見つめる男はどうやら人がよさそうだ。これはいける。

「とくべつなひは、ぴっかぴかのくつで！　すぐおわるよ！　ためしにかたほう、どう？」

何度も繰り返した商売文句は、舌っ足らずでも噛まずに言えるようになっていた。

特別な日というフレーズが男に引っかかったらしく、支払いもまず試してみてからでいいと言ったら、じゃあやってもらおうかなということになった。

男の手を取って通りの端に寄ると、すかさずリル姉が足を置く用の木箱と道具を持って現れる。

私は手早く、まずはゴミ捨て場で拾ったブラシでさっと靴の泥を払い、指に巻いた布切れで念入りに表面を磨く。

そして最後に光沢を出すため、あらかじめ手で握って柔らかくしておいた蝋をうすーく塗る。するとみすぼらしかった革靴がてかてかと新品のような艶《つや》を出すのだ。

片方終えると男はびっくりして感嘆の声を上げていた。

「どう？　きれいになったでしょ？」

試しに片方やってみせれば当然もう片方もやらざるを得なくなる。じゃなきゃ変だもんね。

このタイミングで客に金をもらい、残りを仕上げると、すかさずリル姉がバスケット（これも拾った）の中から、小さな花のブーケを差し出す。

「恋人さんにどうですか？　一〇〇ベレですよ～」

ちなみに靴磨きは五〇〇ベレ。一〇〇ベレで豆のスープが一杯、三〇〇ベレで小さなパンが一つ買えるのだ。この地方はパンに使う小麦よりも豆のほうがよく採れるから安いみたい。

ブーケの中身は元手ゼロの野花でラッピングも布の端切れだが、うまくごまかしているのでそれなりに見える。

人のよさげな男はまんまと騙《だま》され、ブーケも買って意気揚々とデート場所へ向かって行った。もしくは今日、告白する気なのかもね。

「やったね！」

男がいなくなってからリル姉とハイタッチ。ちょろいぜ。

みなしごになって一年、姉妹ともども、なんとか生きております。

いやほんとどうなることかと思ったけどね。特に冬が来た時はもう終わったかと。

雪が少ない地域であるとはいえ、皆無ではないし寒くないわけでもない。路上にいたら確実に死ねると思い、夜な夜な商家の馬小屋を渡り歩いたものだ。

幸いと以前の生で大学時代に乗馬の経験があり、多少は馬の扱いに慣れていたため、家の者が見回りに来た時には馬をなだめつつ馬房の中へ隠れてやり過ごした。農学部万歳。

ただしうまくいったのは数度だけで、馬の様子がおかしいことに気づかれ追い出されることのほうが多かった。

どこをどう探してもやはり孤児院などはなく、自活せねばならなかった私たちは、他の子供にならって商売を始めた。

はじめは摘《つ》んだだけの花を売っていたが、日常的に花が必要な人間はいない上に、何よりシェア争いが激しかった。

他の路上商売をと考え、思いついたのが靴磨き。

戦後の日本じゃよくあったものと祖父に聞いていたが、この街の人間にはそういう発想がなかったらしく、店には革靴しか売っていないようなのに、手入れをしている人間は見たところほぼいないのだ。

前の世界で父がしていた手入れの仕方を思い出し、ブラシなどの道具を拾い物で揃え、艶出しクリームのかわりに礼拝堂から、ちびた蜜蝋《みつろう》をもらって使うことにした。

蜜蝋というのは橙色をした最も原始的な蝋燭で、蜂の巣から精製される。少ししか取れないものでそこそこ貴重だったはずだ。

ちなみに、実はこれ自体が食べられるので非常食も兼ねている。

一般に使われているのが蜜蝋だということは、商売をしながら街の人に聞いて知り、蜜蝋のうんちくは、たまたま大学時代の知り合いに養蜂家がおり、雑談の中で覚えた知識だ。

まさか転生してから役に立つとは思わなかった。


デートの前や身だしなみをわりと気にしている男性が主なターゲットとなるため、ついでに花を売るといいんでない？　と思い、いっそのことブーケにしようと、仕立て屋を探して端切れをもらい、パッチワークにしたら斬新でありつつ美しいブーケができたのだ。

五歳の私の手に裁縫は難しかったので、これはリル姉の担当となる。器用なお姉ちゃんで助かった。私たちの着てるシンプルなワンピースもリル姉が縫ってくれたやつだもんね。

売り手の私たちもできる限り身綺麗にするよう心がけ、川でこまめに服を洗って体を拭くようにしていた。

きったない格好で、きれいにするよ！　とは言えないものな。

この頃には、髪もまた毛先が肩をかすめるくらいまでには伸びてきていた。だが、まだ売りに行ける長さではないし、あの不気味な髪売りのことを思うと、あまり行きたくもない。

日暮れまで働いて稼ぎは平均二〇〇〇ベレ前後。まったくない日もある。

ほとんどが食費に消えてしまうものの、残った分は貯金している。

そうそう、初めて収入を得た時には例のパン屋に買いに行ってやった。店主が豆鉄砲食らった鳩みたいな顔をしていた。ざまあみろ。

だがやっぱりムカついたので二度と行っていない。今日も別の店から食料を調達し、人目に付きにくい礼拝堂の陰で、リル姉と少ない夕飯を摂《と》った。

礼拝堂は広い街のあちこちに建っている。ヴィなんとかという神を祭った、白壁のドーム状の建物で、少しかまくらに似ている。

夜は扉を閉じられているが、昼間は開放されており、奥に祭壇が鎮座している。ご神体的なものは中になく、ただ祭壇の前に立つとちょうど頭上に来るような位置に、丸い天窓が設置されていた。そこで祈れば天に届くそうだ。

基本は無人であり、礼拝堂の手入れは領主の命令を受けた近所の人が行っていた。

手入れをしていた人がたまたま穏やかなおじいさんだったので、蝋燭をもらうついでに礼拝堂についてのことなど話を聞かせてもらえたのだ。

領主がいるということは、この国には貴族身分があって、封建制なんだなってことがわかった。

大通りにかかる橋を二つ越えた先で、ちらっとだけ見たことのある、とんがり屋根の馬鹿でかい屋敷が、おそらくは領主館だったんだろう。激しい格差社会だ。

　商売をして人と接するうちに、この街の、国の、世界のことが、うっすらわかってきている。

なんとかその中に、私たちが安定して生きていける場所を見つけられたらいいのだが。

「エメ、それで足りる？」

　夕飯を食べていると、リル姉に心配そうに尋ねられた。

　優しい優しいお姉ちゃんは、私が物足りないんじゃないかって、毎度自分の分をよこしてくれようとするのだ。

「へーき。リルねえこそ」

　確かに一度も満腹になった経験がなく常に飢餓感がまとわりついているが、私より体の大きいリル姉のほうが明らかに栄養が必要なのだ。

　だが私が明るく断ると、リル姉は申し訳なさそうに眉根を寄せる。

「わたしのほうが多く食べてるわ」

「リルねえおっきいから、たくさんたべなきゃなの」

「でもエメが稼いでくれるおかげなのに」

「ふたりでかせいだよ」

「エメのほうが多いじゃない」

「ブーケ、ねあげする？」

「そういうことじゃなくて」

だめか。

姉としてのプライドがあるのかなあ。

一応、リル姉にも靴磨きのやり方を教えてみたのだが、蝋を塗る量を本人が掴めず、あんまり練習するともったいないので役割分担する方向になったのだ。

ブーケ一束一〇〇ベレ、靴磨き一回五〇〇ベレでは仕方がない。でも、私が一日にせいぜい二人か三人をようやく捕まえている間、リル姉はブーケを売り歩いて私よりずっとがんばってくれているのだ。

「リルねえのおかげだよ？　わたしひとりじゃ、いきられないもの。わたしもリルねえの、やくにたちたいの」

だから機嫌直して？　と首を傾げて姉を窺う。

実際、私一人だけだったらここまで強く心を保っていられたかわからないのだ。私たちは支え合って生きている。

リル姉は鼻から息を吐き、

「エメはいい子ね」

あと賢い子だわ、と頭をなでてくれた。

恥ずかしながら、それだけのことが私にはすごく、すごく嬉しくて、心がまるでご褒美をもらえた犬みたいにはしゃぎ回り、ついはにかんでしまった。

いい子はリル姉のほうだよ。たった十二歳で妹の面倒をみてんだもの。優しいし、可愛いし、自慢のお姉ちゃんだよ。もう大好きだ。

「いたぞーー！」

夜中に響き渡る幼い声に、私たちは弾かれて立ち上がった。小さな影がわらわらと右手の方向から集まってきている。

一瞬恐怖に固まるリル姉の手を引っ張り、諸々の荷物は置いて反対方向へ駆け出すが、今夜は数が多かった。そちらからも回り込む者があったのだ。

どれもこれも子供ばかり。

彼らは子供ギャングとでも言えばいいだろうか。仲間でない者は捕まったら漏れなくひどい目に遭わされる。

「うおおおおっ！！」

雄叫《おたけ》びを上げ、勢いだけで前方の子供らを散らす。だが奇声にびびらない年上の輩《やから》もおり、服や腕を掴まれたりしたら、とりあえず蹴って殴って暴れる。

以前の生で、父の知り合いの少林寺拳法の道場にお試し入門したことがあり、大層な技を使えるわけではなかったが、腕を掴まれた時の逃れ方（手を開いて引き寄せ、肘を相手のほうへ突き出す）や、目潰しが有効であることを覚えていた。

虫を払うように相手の目元に指先を当てるだけでも、結構なダメージを与えられる。

だがギャングはしつこい。異様にしつこい。追い縋《すが》る追い縋る。

リル姉より先に私の体力がなくなる。もはやリル姉に引っ張られてしまっている。

まずい、このままでは二人とも捕まってしまう。

「ごめんっ、リルねえ！」

一応謝ってから、日々の稼ぎを入れた袋の中身を後方へばら撒いた。

銅貨が道端の小石に当たって高い音を出す。私たち貧乏人はこの音を聞くと反射的に地面を探ってしまうものだ。

「おかねだ！　おかねがいっぱいおちたぞーーっ！」

だめ押しで教えてやったらもう、幼い追撃者たちは単純なもんだから拾うのに夢中になってしまう。その間に最後の力を振り絞って走り、あらかじめ避難所として定めておいた商家の裏に身を潜めた。

警備を雇っている豪商宅であり、屈強な男が夜も見回っているため、見つかるとどやされるが、だからこそ子供ギャングが寄って来ないのだ。

「エメ、ケガしてない？」

「うん。ちょっと、ひっかかれたけど、へーき」

「どこ？」

リル姉は？　と訊く前に腕を取られて、月明かりで大したことない傷の具合を確認された。お姉ちゃんだなあ。

「痛くない？」

「へーきだよ。リルねえは？　だいじょぶ？」

「なんともないわ」

嘘だな、たぶん。あのもみくちゃな状況でなんともないわけない。心配させまいとしてまったく。

まあ大怪我ではないんだろうけど。

「ごめんね、リルねえ。おかねが、だいぶなくなっちゃった」

「しかたないわ。お金より命が大事よ。エメは正しいわ」

リル姉がちっとも怒っていなくて、ほっとした。賢い姉でほんと助かる。


子供ギャングたちは私たちと同じみなしごが徒党を組んだもの。基本的に物乞いで生計を立てているのだが、縄張り意識が強くて面倒くさい。

じゃあ仲間になればと思うかもしれないが、大いに問題がある。

私は元の世界でとある記事を読んだことがあった。それは、悪い大人が憐れな子供たちに物乞いさせ、それで得たお金を徴収している、という内容のもの。

奴らは時により多くの同情を買うため、健康な子供の手足をわざと切り落としたりするらしいのだ。そして最もあくどいのは当の子供にほとんど分け前が入らないこと。

私たちを追いかけてきた奴らの仲間の中にも、手や足のない者がいたので、果てしなく嫌な予感がするのだ。しかもあいつら盗みまでしてるっぽい。

いかに苦しい生活でも犯罪はいけない。

自分と周囲の人間を見てきた経験上、良い行いに反応がない時はままあるが、悪い行いにはかなりの高確率で報いが来る。親切にお礼を言い忘れることがあっても、殴られたら殴り返すのがきっと人情なんだろう。

そんな理由があり、私たちは奴らの仲間にはなるまいと逃げ回っているのだ。

しかしそれにも限界がある。


この街には孤児が多い。

広大な城塞都市の内部には貧民街が隅のほうにいくつもあり、裕福な商人たちが住んでいる中央の区画と比べるとあまりに格差がひどい。

私たち姉妹がそうであったように、貧困の中で子を捨てる親が多いのかもしれない。

また、娼館などもちらほら見かけ、そういうところでも無計画に子供を作っては捨て、なんてことがなされているのかもしれないと想像できた。

見捨てられた子供たちがあちこちで徒党を組み、彼らが成長したらまた同じような子供を利用して、とやっているところで、いつまでも逃げ切れるはずがない。

仲間になるのは絶対あり得ないとして、だとすればいずれこの街を出て行くことになるかもしれない。その前に路上生活から脱出できればいいのだが、残念ながら今のところ、プランはない。

一年経っても状況は大して変わってない。

目下、問題は明日の生活だ。

ゴミ捨て場から拾って履いている靴を脱ぎ、中に隠していたお金がどのくらいかリル姉と数えてみた。カツアゲ対策は万全だ。

「こっちは五〇〇」

「わたしは六〇〇よ」

う、二人で一一〇〇か。もっと隠しときゃよかったかなあ。

一ベレと一〇〇ベレ硬貨しかなくて五〇〇円玉みたいのがないからあんまり入れると痛いんだよな。ちなみに一〇〇〇ベレからは銀貨、一万ベレは金貨になる、らしい。見たことはないが、おしゃべり好きな客に教えてもらった。

「道具を置いてきちゃったわ。朝になったら取りに行かなきゃ」

「まちぶせしてるかもよ？　っていうか、とられてるかも」

「あ、そっか」

「あたらしいのさがすのがいいよ。あしたたべるぶんくらいはあるし、へーきだよ」

不安げなリル姉を励まし、その日は周囲を警戒しながら眠った。


だが、大問題は翌日になってから発覚した。

いつもの通り店に食事を買いに行くと、恰幅のいいパン屋の店主が眉をひそめて銅貨を突っ返したのだ。

「よく見な。これで払うなら足りねえよ」

「え？」

一枚を手に取り、確認した瞬間絶叫しそうになった。

あ、悪銭かーーーっ！！

要するに偽金なのだが、国に流通する貨幣が足りないので通用しているものの、価値は本物の半分だ。き、気づかなかった。一生の不覚だ。うわあマジでごめんなさいリル姉！

結局あるだけ全部出し、二人分の食事を買った。

文字通り無一文に戻り、さすがに私は言葉なく、リル姉も「だいじょぶよ」と言いつつ生気のない顔をしていた。

善良に暮らしていたって不幸が訪れる。

ならばいっそ、悪人にでもなるべきなんだろうか？

04

犯罪者デビューします。


とは言えないわな。

冷たいプールにいきなり入ったら心臓が止まるように、慣れない悪事は死のもとだ。なにより、リル姉を貶《おとし》めるわけにいかない。

しかし、もう犯罪でもせにゃならんかというところまで追い詰められているのは確かだった。

というのも最近、街にブーケ売りと靴磨きが増えたんだよね。

仕立て屋に端切れをもらいに行っても売り切れで、礼拝堂の周りは嫌な奴らがたむろしている。完全にシェアを喰われた。

しかも、あいつら客引きが強引だからこっちまで警戒され、最近では一日に一〇〇ベレ稼げたらいいほうで、平気で三、四日何も口にできない。

寝ても覚めても毎日毎日食べ物のことばかり考え、残飯がないか飲食店の周りをうろうろするみじめな生活を送っていた。

振り出しに戻る、である。いやもっと悪化したかもしれない。

腐った野菜の切れ端も、骨に残ったわずかばかりの何かの肉もカビたパンも、酸っぱかったり苦かったりしたが、どうということなく最初から飲み下せた。自分のたくましさに涙が出た。

だがそこまでしても、空腹はちっとも満たされやしないのだ。

世界から飢餓をなくすために働いていた私が、まさか異世界で当事者になろうとは。

あの頃の私は、理屈で深刻な事態だと理解していたが、実感は伴っていなかった。いい経験をしたと暢気に言える。元の世界に戻れるのならば。


夜になったら、あらかじめ決めておいた寝床でリル姉と合流する。

商売と食料探しの効率を上げるため、昼間は別行動で収穫があれば夜に分かち合うのだが、この日も互いに何もなく、残飯すら他の子に取られて、手に入れたのは歩き回った疲れだけ。

私たちは話をする気力すらなく、仕立て屋の店の壁に寄りかかってぐったりだ。

ここに隠れて張っていれば、明日は端切れをゲットできるかもしれない。横取りされないように気をつけなきゃな。

今は束《つか》の間《ま》の休息を。

そう思って目を瞑《つむ》っても、空腹が邪魔して眠れない。

深い呼吸をするたび、からっぽの胃に空気が流れ込んで音が鳴る。ぐるりゅ、ぐるぐると気味の悪い唸《うな》り声に聞こえる。

首を右に傾げたらリル姉の肩に当たった。

「…大丈夫?」

リル姉もまだ起きていて、指先で私の頬をなでた。

「うん…」

かろうじて答える私もリル姉も声に全然力がない。

リル姉の肩、一段と細くなってしまってる。浮き出た骨がこめかみに刺さって痛いくらいだ。

頭を離し、空を見上げると満月が城壁を越えた位置に、ちょうど顔を出していた。

その丸く太った姿が妬ましい。

こっちは人間的な食事もできず、飢えてどんどん痩せ細っていくばかりなのに…って、とうとう非生物すら憎むようになってしまってる。

心と体は相互に影響を及ぼすもの。空腹と寝不足でさすがに情緒不安定になってきていた。

どうして私たちばかりこんな不幸な目に遭うのだろう、なんて考え始める。この世の災厄《さいやく》をすべて背負っているような気になる。

その考えを馬鹿馬鹿しいと自分で思えているうちは、まだ正気でいられてるってことだろう。


ようやくうつらうつらしてきた頃、隣の気配が動いた気がした。

沈みかけた意識をがんばって呼び戻し、重たい瞼《まぶた》をやっとのことで開く。と、街の真上まで昇ってきた白月が、隣の何もない地面を照らしていた。

「…リルねえ?」

呼びかけに返事がない。

リル姉の姿が、ない。


眠気など一瞬で吹っ飛び、慌てて周囲を探した。

昼は賑やかな街も、夜になれば店のほとんどが木戸を閉めて静まり返っている。ただ酒屋などはまだ開いており、オレンジ色の光が点々と夜道に灯っていた。

リル姉はどこに行ったんだ?

争う気配はしなかったから、誘拐されたわけじゃないと思うが…あれほど夜に一人で動いちゃだめだと言い聞かせたのに。

お腹が空いて食べ物を探しに? にしても、私に黙って行くなんてあり得ない。

大きな不安と心配に急かされ、必死に夜の中を駆ける。

たぶん、私はわりかしすぐに起きたはずだ。

まだそう遠くへ行ったとは思えないのに、私たちが寝ていた路地の後にも先にもそれらしい影が見当たらない。

ここと無数に繋がる他の路地に入ったのかもしれない。

やむなく片っ端から順番に調べて回り、三つ目で、果たしてリル姉は見つかった。

オレンジの明かりが漏れる小屋の前で、いつかの頬に火傷を負った髪売りの青年に布を手渡され、無精ひげを生やした小汚い親父に肩を抱かれてる。「あいにく中は満員なもんで。下にこれ敷け」なんて言う青年の声が聞こえた。

咄嗟《とっさ》に状況がわからなかった。

暗がりの中に立ち止まり、つい声をかけるのをためらってしまっているうちに、リル姉は男に連れられて小屋の裏手へ消え、それを見送ってから青年が中へ戻った。

耳を澄ませば、何か異様な声が小屋のほうから聞こえてくる。

これって、まさか……

嫌な予感が心臓を激しく打ち鳴らし、急いでリル姉を追いかけた。

すると行き止まりの道の奥、影が地面に折り重なって見えた。

「かじだぁぁーーーーーっ‼」

無我夢中で、私は叫んだ。

上に覆いかぶさっていた影が驚いて飛び起きる。

「すぐそこだぁっ！　こっちにくるぞぉぉーーーっ！」

渾身《こんしん》の叫びに、近隣の家々からも人が飛び出してきて、周囲が騒然となった。

街には木造建築が多いため、火災はとんでもない大事なのだ。

男が慌てて通りに飛び出すのとすれ違いに、私は地面に転がっているリル姉の手を素早く掴んで逃げた。

走って、走って、必要以上に走り続けて、喧騒がまったく聞こえないところで、ようやく体力が尽きて止まった。

振り返ると月明かりのもと、リル姉の瞳が濡れて光っていた。

「エ、エメ…？」

困惑する彼女の、はだけた胸元を直してあげる私もまた涙目だった。

「だいじょぶ？　まだ、なにもされてない？」

リル姉がはっと息を呑む。

あの場所で何をしようとしていたのか、私が察しているのに気づいて、おそらくは羞恥心《しゅうちしん》から、うずくまってしまった。

「リルねえ、じぶんをうっちゃだめだよ。そんなこと、しなくていい」

あの髪売りは、売春の手引きまでしていたのだ。

小屋の中にはリル姉くらいの年の子が、たくさんいたのかもしれない。

やはり近づくべきではなかった。

「…でも、あの人、五〇〇〇ベレも、くれるって」

顔を伏せたまま、リル姉が言う。

そんな、数日で使い切ってしまう程度の対価で……いや、額の問題ではない。

「リルねえは、おかねじゃたりないよ。だれがリルねえにおしえたの？　そんなこと」

「…昼間、花を売ってる女の子に会ったの。女はみんな、そうやって稼いでるんだって。あの髪売りの人に頼めば、お金くれる人を紹介してもらえる、って……エメには、させられないもの。だからわたしが」

「リルねえにだってさせられないよ！」

大声を上げてしまい、リル姉はびっくりして顔を上げたので見えたろう、私がぼろぼろ泣きじゃくっている光景が。


——あぁ、なんたる無力なことか。


神はどうして私にチート能力を授けてくれなかったのだ。

そうしたら、鬼畜な親父だろうが化け物だろうが第六天魔王だろうが、リル姉に仇《あだ》なす野郎を片っぱしから消しくさって、穏やかな暮らしをさせてあげられるのに。

何が神様に知恵をもらった、だ。偉そうに。

前世の知識なんかちっとも役に立たない！

生涯を費やして勉強してきたこと全部全部全部！　苦境を脱する助けになりやしないじゃない

か‼

「エメ…」

ぎゅ、とリル姉が私を抱きしめた。骨張った背中を優しい手がさすってなだめる。

「ごめんね、お姉ちゃんがまちがってた。ごめんね、泣かないで」

違う、違うんだよリル姉。

リル姉は悪くない。

私は自分が情けないのだ。

守ると決めたのに、結局こうしてあなたに慰められて支えてもらっている自分が、あまりにも。

「…はは」

リル姉の腕の中で、我知らず声を漏らしていた。

「エメ？」

リル姉が訝《いぶか》しんで私を窺う気配がわかる。

「あははっ」

今度は自分の意志ではっきり笑った。

ゴミを漁って食べたり、みじめに物乞いしたり、そこまでしてもリル姉をちゃんと守ってあげられない自分がこの上なくかっこ悪くて。

でもだからって、ベソかいてるのはもっともっとかっこ悪いから。

「あはははははっ！」


笑え、笑おう。

泣くのはやめだ。


「くっ、ははははっ！　あーっはははっはあぐえっ」

「エ、エメ？」

喉が弱っているせいで、ちょっとえずいてしまった。リル姉が若干、怯《おび》えてる。

いや、おかしくなったとかじゃないんだよ？

「リルねえも、わらって」

腕の間から出て、お願いしてみた。

「え？」

「わたしたち、ずっとわらってない。たのしいとわらう、なら、わらうとたのしいよ」

不幸の中で泣くなんて、ありきたりでつまらない。

ならば自身の情けなさも空腹も辛さも全部、笑い飛ばしてしまえ。

笑う門には福来る。

どんどん底に落ちていく気持ちを無理やり上げて、運気も上昇といこうじゃないか！

嫌なことばかり考えてたって仕方ないのだ。

絶望とは愚者の結論である、雨の後には晴れるでしょう、明日は明日の風が吹く、ってもんだ！

「ははははぐえっ、あはははぐぇおえ」

「エ、エメ、ちょ、無理しないで」

「あっひゃひゃひゃひゃひゃっ！」

「……ぷ」

おろおろしていたリル姉も、つい吹き出してしまったのを機に笑い出した。

「あははっはははっ！　ぐぇ」

「きゃははははっ！　おぇ」

「うっるせええっ！」

調子に乗って大笑いしていたら、近くの家から人が出て来て怒鳴られた。

殺気立つお兄さんに謝りながら逃げ、道端に力尽きて倒れる頃には、私もリル姉もすでに涙が引いており、互いに笑みを浮かべていた。

「リルねえ」

地面に寝転がりながら、リル姉の手を握る。

「なぁに？」

「きょうのためだけに、いきるのはやめよ」

この機会に、一度頭をリセットしよう。

刹那を生きることに必死になり過ぎて、きっと私たちは大切なことを忘れてる。

「…どういうこと?」

「そーぞーするの。おとなになったとき、じぶんが、どんなひとになってるか。どんなひとに、なりたいか」

「そんなの、わからないわ」

リル姉は困ったような反応だ。

明日も生きていられるかわからない生活の中で、あと十年も先のことを考えるのは確かに難しいし、馬鹿げていると思えるかもしれない。

だけど現状は一旦《いったん》忘れて、想像してみよう。

つまりはそれが、希望を持つ、ということなのだ。

「わたしはねー、たくさん、おかねをかせげるひとになりたいな」

「どうやって?」

「わたしもみんなも、しあわせなほーほーよ。それでね、まいにち、パンをたべるの」

「毎日?」

リル姉が声を弾ませた。

「それ、いいわねっ」

「でしょ？　あとね、いえをたてるよっ、おっきなの。リルねえとすむの。ネズミなんか、はいってこないよ。まどもつける」

「へー、すごいっ。――あ、ね、だったら庭もつくらない？　きれいな花をいっぱいうえて、おっきなブーケをつくったら五〇〇ベレで売れるかも」

「いいねっ。おはなやさん、やろっか。わたし、そだてるのとくいだよ。それでいっぱい、かせいだらさ、たべものも、くつも、きれいなふくも、かえるよ」

「フリルがついてるやつも？」

「もちろんっ」

「まるで貴族さまみたいねっ」

リル姉のくすくす笑う声が耳に心地いい。


少し、眠くなってきた。

たくさん走って泣いて笑って、今日はもうぐったりだ。

「…リルねえ。わすれないでね」

「なぁに？」

「わたしたち、あしたもあさっても、ずっとここ、いないよ。これから、いろんなとこにいって、いろんなひとに、あうの。じぶんをだいじにするのは、そのときのためだよ」

自分への教訓の意味もこめて、言葉にしておく。

「いつも、さきにあるたのしいことを、かんがえよ。そしたら、いま、することも、しちゃだめなことも、わかるから……」

「……うん」

リル姉の返事を聞いて、ゆっくり瞼《まぶた》を下ろす。

この夜は、久しぶりに夢を見ることができた。

05

ただ生きていれば満足、じゃない。安定した暮らしに必要なものは何か。

家、食べ物、服、様々あるが先立つものはすべてお金。

安定して収入を得るには手堅い仕事。

日銭を稼ぐ方法だけを考えるのはやめる。ついでに、誰かに養ってもらうという考えもここできっぱり捨てよう。


そう、我々は定職に就かねばならない。


下級貧民から速やかに脱し、中流層に食い込むため必要不可欠It'sthe職。

どうせこの世界に児童就労を禁止する法律なんてないんだ。というわけで、ご飯を探しつつ人手を欲していそうなところを探すことにした。

ただし注意点は夜のお店でないかどうか。仕事内容をぼかして連れて行こうとする相手は絶対ダメだよとリル姉に釘を刺しておいた。

ざっと街を見て回るだけでも、仕事は様々だ。

小売業が多く、中でも数を占めているのは布屋だ。

行商らしき馬車の人たちが店先で大量の布を買い付けているのを、たびたび見かけることがあったので、この地方の特産品なのかもしれない。

他、多いのは宿屋と飲食店だ。酒屋もそこそこ。外から来る人が多い影響だろう。あとは鍛冶屋などがちらほらとある。

飲食店では皿洗いをしている人、馬車のたくさん停まった運送屋では荷の積み込み作業をしている労働者などを見かけ、宿屋や大きな商家には、玄関を掃いている使用人がおり、その辺りが私たちでも雇ってもらえそうなところだろうと思って交渉してみるのだが、まあ、すぐにはなかなか決まらない。

単に近づいただけで、悪さするんじゃないかと警戒されるんだからやりにくい。

皿洗いや玄関掃除などようやく仕事をもらえても、ほんとに子供の小遣い程度しか得られないし、頼まれるのは忙しい時に限られる。

なんでもやるけどさ、小銭稼ぎじゃ仕方ないんだってば。雇うという話になると途端に渋りだすんだからやんなっちゃうよ。

別に、週休二日で月三十万に社会保障とか言ってるわけじゃないんだから雇えよなと思う。即戦力が欲しいとか言うけど何も教わらずにできたら自分で会社立ち上げるわっ。

いや、まあ、これは前世での友達の愚痴だ。ほんと言うと私自身は大して就活で苦労してなかったから、多少甘く見ていた部分があった。やる気のある五歳児は雇ってもらえませんか。

今日も今日とて目ぼしい話がなくても、日暮れにはリル姉と落ち合うことになっている。

稼いだわずかばかりの小銭を豆のスープとパンにかえて、二人で分け合いつつ偵察結果を報告する。

「いろいろ回ってみたけど、だめ。ぜんぶ断られちゃった」

リル姉の成果も私と同じ。

小さな店は人を雇う余裕がなくてほとんどが家族経営だし、大店《おおだな》は薄汚れた子供を相手にしてくれない。

できれば二人セットで雇ってほしいところなのだが…私もリル姉もつい溜め息を吐いてしまい、慌てて気を取り直した。

いけない、いけない。暗くなるのはやめたんだ。

「――ま、あきらめないで、まわってみよ？　いっかいでも、やとってくれるとこあるの、わかったもん。ちょこっとずつかせぎながら、しごとさがせるよ」

「うん…そうね、がんばらなきゃねっ」

声を張るものの、リル姉の顔には疲労の色が濃い。たぶん私も同じ。

エネルギー収支で圧倒的に支出のほうが多く、補給が間に合っていないのだ。気力でなんとか動けているだけ。

活動エネルギーが足りていないのに、活動しなければ死んでしまうという。

貧乏暇なし。

というわけで、翌日も休まず仕事を探して街を回る。

リル姉には大通りを中心にまかせ、私は裏通りに入ってみた。

髪売りの小屋のように怪しげな店があったりするが、普通の店も普通にある。

通りに雨と日よけのテントを突き出して、台に山積みにした野菜や穀物や日用品を売る商店街などもあるのだ。

そのうちの一つに狙いを定める。

「こんにちはっ」

青果を売っている中年くらいのおばちゃんに笑いかけ、礼儀正しくご挨拶。こっちの世界でも、腰を折って頭を下げることは、お願いや敬意を表す時の所作だった。

餡まんみたいな顔に皺《しわ》を刻んだおばちゃんは、「やあエメ」と気さくに私の名を呼ぶ。

「今日も来たのね」

「うん！　なにかあったら、てつだいます！」

ここは以前に客として果物を買ってから、毎日ご用聞きに通っている店。

最初に買い物をすることで悪さはしない子供だということを印象付け、決して強引でなく手伝いを申し出ることで徐々に信用を得て仕事をもらおう作戦の真っ最中だ。

商売人のお喋り好きな性質を利用し、身の上話などをして同情も十分に引いてある。

「じゃあ、この箱の中の、きれいなやつを選んで前に並べとくれ」

これまでは「手は足りてるよ」とやんわり追い返されるだけだったが、とうとう今日は仕事をもらえた。

なるべく傷のないものを台の前のほうに、虫食いがあったり半分腐ってるようなのを後ろに（でも売るらしい）、並べる簡単なお仕事。

報酬は売れ残りの虫食い痕《あと》のある洋ナシみたいな果物だったが、袋に六つも入れてもらえた。っしゃ！　確実に警戒は解けてきている！

ま、雇ってもらえるところまでは、なかなか漕ぎつけられそうにないんだけどね。食料が得られただけでもよし。

昨日、お金をほとんど使ってしまったので、今日は最悪、何も食べられないかもと思っていたので助かった。

まだ待ち合わせの夕方まで時間があるため、新たなカモ…じゃなくて働き口を物色しつつ、ゆっくり大通りへ向けて足を進めていった。

その途中で、独特な匂いが鼻を突く。

それは、こぢんまりとした一軒の小さな店から漂って来るもの。

おそらく、薬屋だ。

様々な匂いが溢れる街中で、漢方のようなこの匂いは異質だ。

何度か通りかかったことがあるのだが、いつも入り口の扉が閉まっており、かわりにガラスが嵌め込まれていない板の窓が開いていて、そこから匂いが漏れている様子。

営業してんだかなんだか、よくわからないが一応、表に看板は出ている。私はまだこの世界の文字を読むことができないが、『開いてます』とか『ウェルカム』的なことが書いてあるのは察しが付く。

他の店の看板にも同じ文字があるのを何度も見ているので、たぶん間違いない。

しかし、ぴっちり閉じられた戸は少しも客を歓迎していない。店の外観も片面の壁にツタが這い、暗くてじめじめした印象を受けて不気味だ。

一体どんな薬を売っているのやら。

直感が、避けたほうが無難だと告げていた。

さっさと店を通り過ぎ、その後は特にこれといった収穫もなく、夕方にリル姉と合流した。

リル姉のほうは今日は稼ぎがなかったらしく、しばらくは二人とも、もしゃっとした食感の果実を齧り、滴《したた》る果汁をすするのに夢中になった。

「どんなかんじだった？」

だめだったのは言うまでもないが、どういうところを回ってみたのか確認するつもりで尋ねると、リル姉は果物に口を付けたまま、「んー？」と間延びした声を出す。

しばらく待ってみるが、続きがない。

「…リルねえ？　だいじょぶ？　つかれた？」

「うん、大丈夫」

へらり、と笑う。

無理して笑ってみせているようではないが……軽い違和感を覚えつつ、話を続ける。

「できれば、はたらくのと、すむのと、いっしょがいいよねえ」

住み込みと言いたい。こっちの世界の語彙《ごい》がまだちょっと足りない。そういう労働形態はこの街にあるのだろうか。

「んー…」

リル姉の反応はまたぼんやりしたものだ。

「たべものやなら、ごはん、たべさせてもらえるかなあ。そこちゅーしんに、まわってみる？」

「…」

え…あれ、今度はなんか無視された。

「…リルねえ？」


ずる、とリル姉の体がこちらに倒れてきた。


「リルねえ⁉」

一瞬、食べていた果物に毒が、とか馬鹿なことを考えた。

だがリル姉の呼吸が荒く、体が熱いのに気づいてこれは……風邪？

明日のカゼ違い！

いや、風邪よりもっと悪い病気だったら？　いや風邪も危ないけど！

病気を発症する心当たりは数えきれないほどにある。

こんなに熱が高くなるまで、きっと我慢してたんだ。きっともっと前から、具合が悪かったに違いない。

ああもうなんで気づけなかったかな⁉

まだ秋前とはいえ、汚い路上に放っておいたら死んでしまう。

すぐにリル姉を背負い、持ち上げきれずにその足を引きずりながら、私はとある場所へ急いだ。

06

日が暮れて、近くの商店も閉まりすっかり静かな小路には、まだかすかに薬臭い匂いが残っていた。

街には病院のような施設がなく、気のいい医者の居所など知るよしもなかったため、この小さな薬屋に頼るしか、選択肢がなかったのだ。

閉じた戸の隙間から明かりが漏れており、幸いと家人が中にいることが知れた。

リル姉を落とさないように注意しながら、「すみません！」と扉の前で大声を上げる。

間もなくして内側から鍵が開き、ガタイのいい店主が現れた。

外観と職業から、勝手に怪しい老婆などを想像していたのだが、相手は見上げる程の大男だった。

私の倍は身長がありそうで、戸口の上方に頭がぶつかっている。

後ろの蝋燭の明かりで顔の半分は見えるが、半分は闇に沈んでいる。

切れ長の黒い目が鋭く、かつ、無表情だ。

はっきり言って、ものすごく怖い。

だが、こっちにはビビっていられない事情がある。

「あねを、みてください！　くすりがほしい！」

短い黒髪のその男は眉をひそめ、入り口を塞《ふさ》いだまま腕組みをしていた。

「はやく！」

「…カネは？」

「ある！」

嘘ではない。足りるかはともかく。


男は顎をしゃくって無言で「入れ」と促してくれた。

中に踏み入ると複雑な匂いがより一層強くなる。

何か色々な物がごちゃっと左右の大きな棚に詰められており、奥にカウンターが据《す》えられ、その更に奥へ、男がリル姉を小荷物のように運び込む。

店先からは見えなかった場所が居住スペースなのだろうか、ごく狭い部屋にベッドが一つあって、男はそこにリル姉を寝かせた。

私はリル姉の傍に控え、注意深く彼の挙動を観察する。

助けを求めて駆け込んだわけであるが、やばそうになったら即座に逃げ出す腹づもりだ。もっとも、リル姉を背負ってどこまで走れるかわからないけど。

そんな私の警戒を知ってか知らずか、男はてきぱきとリル姉の脈をとり口の中を見てお腹を押したりと、慣れた手つきで診察をした。

やがて何か納得したように頷くと、竈の大鍋からお湯をお椀に移し、棚の引き出しからいくつかの包みを取り出して、中の粉を湯に溶かす。

「それ、なに？」

「体を内から温めるのと、滋養強壮だ」

端的な説明の後、男はリル姉を抱き起こして少しずつ薬湯を飲ませた。

リル姉の意識がもうろうとしているので、かなり時間をかけて、むせないように、ゆっくりと。

半分ほど飲ませたところで、男はリル姉を再び寝かせた。

「しばらくすると汗が出てくる。それを拭いてやって、あとは起きてから、食うもん食えば治るだろうさ」

「…ほんと？」

「本当だ。心配しなくとも、ただの風邪だ」

…とりあえずは、信用していいのだろう。

心なしか、リル姉の呼吸が穏やかになった気がする。

助かった——

緊張の糸が切れ、ベッドの横に膝を突いてしまうと男の手が額に触れた。

「お前も少し熱いな」

あぁ、うん、そうかもね。

男の手が冷たくて気持ちいい。

私も我慢していたというか、病は気からと言い聞かせて無理やりテンションを上げてたんだよね。

ほんとはいつも全身がだるいし熱っぽいんだ。

「飲んでおけ」

半分残った薬湯を差し出され、大人しく口にする。

強い苦みはなく、飲んだ後にかすかな酸味がある。おいしいとは思わないが、今、体が欲している成分が詰まっているように感じられた。

すべて飲み干したお椀を男に返し、それから、財布にしている袋をそのまま渡した。

「あの……おかね、あるんだけど、あんまりないです」

中には一〇〇ベレも入ってない。

袋を受け取り、男は苦笑していた。

「そんなことだろうと思ったよ」

口の片端を上げるニヒルな笑みで、薄暗い中ではひたすら怖い。

金が足りないことを予想していたのならば、この人は何を要求してくる？

「リルねえには、なにもしないで」

「は？」

先に言ってやると男は一瞬呆けたが、すぐに笑みを戻した。

「それ、意味わかって言ってるのか？」

「わかってる。ほかのことで、かえすから。だめってゆったら、しぬまであばれるとおもう」

「さらっと脅すんじゃない」

「しんでからものろう」

少しは怖がってくれないかと思って低い声を出してみるが、その人は変わらず笑っていた。

「わかったわかった。そもそもな、私は女だ」

「へ？」

信じられない単語を聞いた気がしてぽかんとした、その隙に抱き上げられてリル姉の横に寝かされた。

「あなた、おんな？」

するとその人は私の手首を掴み、躊躇《ちゅうちょ》なく自分のズボンの股下へ持っていった。

「ほれ」

お、おぉう、いきなり股間を触らせるとは、なんて大胆な人なんだ。

確かに、そこには何もなかった。もしあったらとんだ変態だけどな。握り潰してやるところだ。

「昔、兵士をやっていたんだ。このガタイはその頃の名残だよ」

体だけじゃなく顔つきも男そのものに見えるんですが。声も低いし。

まあ、世の中には色んな人がいるからね。男っぽい女も、その逆もたくさんいる。

っていうか女も兵士になれるものなのか。もしくは男と間違われて？

なんにせよ、この人は薬屋と言われるより兵士と言われるほうがしっくりきた。

「お前たち姉妹はみなしごか？」

その当たり前の問いは、私たちのこれまでのことを訊いているのだろうと思い、親が消えたところから全部話した。

話の間、その人はきれいな布を持ってきて、リル姉や私の汗を拭ったりもしてくれた。

なんていうか…

素性の知れない私たちを中に入れて、ベッドを貸して、お金がないことをわかっていつつ薬をくれて、身の上話を聞いてくれて、って…これ、絶好のカモ、もとい、すごくいい人なんじゃ？

交渉してみる価値は、ありそうだ。

私は思いきって、寝ながらその人の腕を引っ張ってみた。

「おねがい、です。くすりだい、かえすためでもやとってください。たくさんがんばります。はたらきます。ものすごくです。きっとです」

知っている限りの言葉を尽くし、なんなら病人であることも利用して必死にお願いした。

外に戻ってしまえば、また病気にかかる。

リル姉をこのまま路上生活で死なせるわけにはいかない。

だってまだ彼女は知らないのだ。

ご飯のおいしさ、布団の温かさ、風呂の気持ちよさ、隙間のない家に住む安心感、幸せな家庭もまだ何も。

教えてあげたいから、必死になった。

「こっちも人を雇えるほど暮らしに余裕があるわけじゃない」

その人の言い分は予想通りだった。これまで何度も言われてきたことだ。

ならば攻め方を変えてみる。

「…みせ、だすのにおかねいりますね？」

「あん？」

興味を示すかのように、その人の眉が片方跳ねた。

「もうかるため、さいしょにおかねつかいます。むだじゃない、ひつようなおかねです。わたしたちのことも、そうおもえませんか？」

「初期投資だと？」

「それ。こどもはあなたの、みらいです」

「おかしな言い回しをするもんだな」

おもしろいと思ってくれたなら上々。

私は笑みを作り、いっそう明るい声で続けた。

「リルねえもわたしも、はたらきもの。ここ、もっともうからせます。わたしたち、しょーばいじょーずっ」

「ほーう？」

「まずは、おためし。やくたたずとおもったら、おいだしていいです。とりあえずひとつき、どうですか？」

「お試しね」

くっ、とその人は喉の奥を鳴らした。

「まあ、薬代分くらいは働いてもらってもいいか」

おっ、と？

相手はやや冗談じみた口調であるが、うまく口車に乗ってきた。

「ほんとっ？　じゃあじゃあついでに、ここにすませてほしいですっ。そしたら、きゅーりょーやすくていい。いえのこと、なんでもやりますっ」

「わかったわかったから、もう寝ろ。治るもんも治らんぞ」

なんとなく、寝つきの悪い子を寝かすために適当な返事をしてる感はあるが、交渉成立したと見なすぞ⁉

遅ればせながら笑いの効果か？　ようやく運気が向いてきたかも！

ずっと雇ってもらえる確証は得られていないが、中に入れてもらえただけ他よりも脈アリだ。

もっと早く、ここに来ていればよかったな。

ともあれようやく、仮の宿り木を見つけた私はうっかり安堵してしまい、雇い主の名前を訊くのも忘れて、そのまま寝入ってしまった。

07

寝てる間に売り飛ばされた。


とかはなかったよイェーイ！

いやー、あんまりとんとん拍子に話が進んだもんだから、はっとなって朝に飛び起き、そのままベッドに寝かされていたことに妙にびっくりしてしまった。

人を疑うのが癖になってていかんね。


「起きたか」

私が飛び起きたのと同じ頃、テーブルの前の椅子に座っていた薬屋が頭を上げた。

「気分は？」

尋ねながら、後ろの窓を開けて朝の光を取り込む。

彼女も今、起きたところだろうか。

昨夜は私たちがベッドを占拠していたわけだから、もしかしなくとも、椅子で寝てくれていた？

うわあ、マジで申し訳ない。

私の隣ではリル姉がまだ眠っており、穏やかな呼吸を繰り返している。

薬湯はかなり効き目があったらしく、疲労感は残っているものの、気分は晴れやかだった。

「だいぶ、いいです」

「顔色もよくなってるな」

彼女はベッドの横に膝をつき、私の脈をはかり、熱が下がっていることを確かめた。

朝の光の中で改めて、間近で見る彼女は昨夜ほど恐ろしく感じない。全体的に端正な顔立ちをしており、目付きが鋭すぎるところはあるが、それが凛々《りり》しくも思われた。

「あの、ありがとうございます」

ベッドの上に正座して、一度深々と頭を下げ、それから、ぱっと勢いよく上げる。

「きのうのはなし、ほんきです。くすりだいぶんよりも、はたらきます。なにします？　なんでもやりますっ」

感謝を述べるついでに、昨夜の交渉がなかったことになっていないか確認しとく。

「ん、まあ…」

その人はわずかに迷うような素振りを見せた。やはり真面目に考えてなかったね？　しかし言質《げんち》はすでに取ってある。

「わたし、エメです。あねはリディルです。やといぬしさんのなまえも、おしえてください」

雇い主、というところをあえて強調。決まったものとして進めたれ。

「…ジゼルだ」

名前は普通に女っぽい。

可愛いなとひそかに思いつつ、自分の中で最高の笑顔でご挨拶をする。

「ジゼルさん、よろしくおねがいします！　よかった、ほうりだされたら、のたれじぬところでした。やみあがりだし」

「……」

よし、勝った。

元兵士ということは、正義の志が少なからずはあるはずで、薬剤師であるならばおそらく、人の命を軽くは考えていないだろう。わざわざ助けてやった子供を、死なせようとは思わないはず。

「……言っておくが、本当にうちは貧乏だからな？　満足な給料は払えないし、いいもんは食べられないぞ。寝泊まりするとしても、この狭い部屋しかない」

「じゅーぶんですっ」

ジゼルさんは念を押すようにネガキャンしてくれたが、人間、起きて半畳寝て一畳。私たちは床でだって余裕で熟睡できるのだ、助けてもらって寝泊まりさせてもらえるのに高い給料よこせとまでは言わないさ。

「……エメ？」

話しているうちにリル姉も起きた。

目をこすりこすり、私を見て、ジゼルさんを見て、部屋を見回し、たくさんの疑問符を飛ばしている彼女にも事情を説明する。

「え、お、女の人なの？」

まずそこに驚く。

ジゼルさんはすっかり慣れている様子で、怒るでもなく普通にしていた。

その後でかなり好条件の仕事の話を聞くと、リル姉は突然ぽろぽろと瞳から大粒の涙をこぼし始めた。

「あ、ありっ、ありがとうございます！」

散々追いやられながら、やっと見つけた職場だもん、感動もひとしおだ。しかも他人にこんな親切にしてもらえたのは生まれて初めてだったから、その分も上乗せされている。

泣きながらお礼を繰り返し、喜ぶリル姉の背中をさすってあげる。具合はだいぶよさそうだ。

ちらっとジゼルさんのほうを見やると、崖っぷちに追い詰められて諦めた小鹿のような表情をしていた。


てなわけで！

多少強引に、ひとまず手に入れたぜ働き口！

長く雇ってもらえるかどうかは、こちらから設けたひと月という期限の間にどれだけ結果を出せるかに尽きるだろう。

意気込む私たちは話が決まったその日に、さっそく働き始めようとしたのだが、ジゼルさんにベッドへ押し戻された。

「今日は休め。仕事は体力が回復してからだ」

そう言って、朝ご飯にちぎったパンを浮かせたスープを作ってくれた。おかゆみたいなものかな。テーブルには椅子が一つしかないので、リル姉と私はベッドの上でそれをいただく。昨日の薬湯を入れたお椀が使い回されていた。

スープは全体的にそっけないというか味気ないというか。すごくおいしいものではなかったが、胃を温かいもので満たせるのは嬉しい。

この日は病人として、贅沢にも一日中ごろごろして過ごせた。

ジゼルさんはお店を開けながら、時々、私たちの具合を確認する。お昼も夜も彼女がご飯を作ってくれたので、何もしていないにもかかわらず、お腹はいっぱいだ。

「…こんなによくしてもらって、いいのかしら」

リル姉なんか夜ご飯を食べている間も、ずっと戸惑っていた。かくいう私も、とても不思議な心持ちでいる。

ほんとに私たち、ろくな目に遭ってこなかったよなあ…


そして翌朝。

「もう、はたらけます！」

リル姉の熱も完全に下がり、さらに元気になった私たちは勢い込んでジゼルさんに詰め寄った。

「家事は全部できます！」

「せっきゃくも、できます！　よびこみだって！」

「わ、わかったわかった」

軽くジゼルさんを引かせるほどに必死な売り込みは、置いてもらいたい下心ばかりでなく、純粋に相手の親切に報いたいためでもあった。

「やる気があるのはいいが、その前に服をどうにかするぞ」

「ふく？」

「薬屋の店員が不潔じゃ困る」

ジゼルさんがそう言うのも無理はない。

私とリル姉が着ているのは、路上生活でくたびれたワンピース。靴磨きやブーケ売りならこれでよくても、人が口にするものを扱う薬屋ではまずいだろう。

そんなわけで、私たちはジゼルさんに連れられ、街の古着屋で新しい服を調達した。

街中には庶民向けの古着屋がけっこうあり、すぐ着られなくなる子供服なんかは割安な値段で手に入る。

刺繍などが入るとその分値段が高くなるため、シンプルなデザインを選んだが、裾の広がるフレアスカート仕様で可愛さアップ。これもまた、ジゼルさんに初期投資として出してもらった。

そして体をきれいに洗ったついでに、肩口まで伸びていた髪を私は切ってしまい、リル姉はうなじでまとめるようにした。

あらかたの準備を整えた後、翌日の転がり込んで三日目に、私たちはようやく働き出した。

すでに色々と出費を強いられたジゼルさんは、この時にはすっかり開き直っていたらしい。「この際だからコキ使う」とわざわざ宣言し、店の営業と同時並行で研修が始まった。

「薬と毒は同じものだ。半端な認識で触ってもらっちゃ困る」

ジゼルさんが説くのは薬剤師の心得。

当たり前だが、どんな物も過ぎれば害になるのは同じ。水にさえ致死量があるわけで、薬ならばなおさら慎重さが必要だ。

ジゼルさんは客が来ていない暇な時間帯に、棚に並べられている薬の原料や効能について教えてくれたり、中身を手に取って触らせてくれたり、匂いをかがせたりして取り違えないよう特徴を覚えさせてくれる。

店で扱っているのは生薬に限られていた。現代日本では伝統医学と言われる類、漢方薬と一緒。なので原料は乾燥させた植物やキノコが多い。

そう、つまりこれは、農学部出身たる私の専門分野。

もちろん私は薬剤師ではなかったため製薬にはなんら詳しくないが、天然資源からの有効成分の抽出となれば守備範囲。

店にあったのは見たこともないものばかりであり、元研究者の知的好奇心が大いに刺激されたことは、言うまでもない。

なんという薬でどういう効能があるかということだけでなく、その原料となるものはどういう環境で採れてどうやって抽出加工され調合されているのかについても、細かく質問してどんどん教えてもらった。

興奮し過ぎて、途中で敬語を使うのを忘れたり、ジゼルさんをたじろがせてしまったのはご愛嬌ということで。

しかし、さすがの私も耳で聞いただけで完全には覚えられない。

「すいません。これかりていい？」

説明の途中で挙手し、カウンターに置かれていた紙とペンを要求した。

「？　ああ」

なんだか怪訝そうなジゼルさんの了承を得、先が刷毛のようになっている木製のペンをインク壺に浸し、繊維の荒いワラ半紙のようなごわごわの薄っぺらい紙に聞いたことを書きつけていく。

すると横から覗き込んだリル姉がびっくりしたように声を上げた。

「字を書けるの？」

「え？」

あ、そういえば普通に日本語で書いてた。

こっちの文字はまだわからないしなあ。

「じぶんでかんがえたの。あとで、リルねえにもおしえたげる」

「えっ、すごい。教えて教えてっ」

しれっと言ってのけたら感心してもらえた。リル姉は素直で本当に可愛い。

しかし同じく紙を覗き込んできたジゼルさんにはおかしな顔をされた。

「それでわかるのか？」

「いちおう」

「…貸してみろ」

新しい紙にジゼルさんがささっと書きつけ、上から一つずつ、これがさっき説明したあの薬で、これがあっちので、と指し示してくれた。

「薬の名前くらいは読めるようにしておけ」

「はーい！」

返事は元気に。

やった、これで少しは字を覚えられる。

作業するジゼルさんを手伝いつつ、横で薬とついでに文字や専門用語を勉強。初日の研修はとてもスムーズに進んだ。


日が暮れる前には閉店し、夕飯の準備をする。

私が柄杓で水瓶から竈の鍋に水を移し、リル姉が豆や羊の骨や葉物野菜をぽいぽい放り込む。豆が膨らみ、十分に煮えたら塩で味付けして完成だ。

家事の役目はもぎ取った。料理、洗濯、掃除、なんでもござれだ。手際だけはいいからね、私たち。

「できました！」

テーブルで帳簿付けをしていたジゼルさんの前にスープを置き、自分たちの分もよそって店主に向かい合う形で席につく。

食事用のお椀もスプーンも椅子も、昨日、新たに調達してもらったものだ。

お椀の縁に口を付け、ダシたっぷりの琥珀色のスープをすすると、体に優しく染みていく。

「うん、うまい」

ジゼルさんもスープを飲んで、感想を呟いた。

今日の料理も、好評だ。

「リルねえが、あじつけしましたっ」

「ふうん。リルは料理上手だな」

私がリル姉リル姉言うものだからジゼルさんもつられたのか、いつの間にか愛称呼びになっている。

ストレートに褒《ほ》められた本人は、私の横ではにかんでいた。

「ううん、そんな、塩ふっただけですから」

「へえ？　私が作るのよりうまいがなあ。何が違うんだろうな」

不思議そうにしながら、ジゼルさんはたくさんおかわりしていた。

うむ、完璧に胃袋は掴んだな。順調順調。

私たちも便乗しておかわりし、鍋が空になるまで食べてしまった。

食事を終えたら机を端に寄せ、ベッドの横に布を重ね敷きし、私とリル姉の寝床を作る。

せいぜい四畳半程度しかない生活スペースに、もう一つベッドを置くのは不可能だったのだ。しかしこれで十分。

寝間着にした以前のワンピースに着替え、私たちの寝る準備は整ったがジゼルさんはまだ眠らず、帳簿付けや薬の在庫確認などの作業をしている。

それは私たちには手伝えないので、布団に寝そべり、メモを見ながら今日の復習をすることにした。

「これ、なんて読むんだっけ？」

「きずぐすり、だよ。どうやってつかうかは、おぼえてる？」

「えっと……」

内容と文字と、覚えることが多くてリル姉は苦戦している。

私はまだ下地があり、勉強慣れもしていて、かつ興味があるのですんなり吸収できるが、リル姉はそうはいかない。

昼間のジゼルさんの説明中にもしばしば頭から煙を噴いていたので、こりゃ復習が必須だなと思い、夜の勉強会を開催したわけです。

「――おい、そろそろ寝るぞ」

どのくらい時間が経ったのかはわからないが、ジゼルさんの言葉を合図に勉強会は終了となる。

ちょうど、リル姉も限界に来ていた頃だ。

「消すぞ」

「はーい」

メモを片付け、夏用の薄いかけ布団の下にリル姉と潜り込む。

ジゼルさんが蝋燭を吹き消すと一瞬で暗がりが満ち、それから彼女が私たちを跨《また》いでベッドに入る気配を感じた。

「おやすみなさーい」

「おやすみなさい～」

「おやすみ」

夜の挨拶をして、一日が終了だ。

色んな薬の匂いが混ざった空間も、慣れればなんてことない。心地いい疲労感が、安らかな眠りへと私をいざなう。

それに身をまかせても大丈夫。

屋根があって、壁があるここにいれば、突然雨が降っても問題なく、闇の中から誰かが襲ってきたりもしないのだ。

やっぱり、どんなにボロくても小さくても家は大事だなあ。安心感が違う。

おまけにお腹はいっぱいだし、布を厚めに敷いてあるので背中も頭も痛くない。

まるで当たり前のことが、とても幸せだった。

08

転生後、初めて得た安定した暮らし。

決して贅沢はできないものの、毎日ご飯を食べて薬のことを勉強し、作業も少しずつ覚えて、調合はまだできないにしても、天日干しなどの簡単な加工なら、まかせてもらえるようになってきた。

ジゼルさんは根気よく丁寧に教えてくれる素晴らしい雇い主であり、普段の生活では寡黙で、私たちのやることなすことにうるさく言ってきたりしない。

姉妹ともども健康で充実した日々を過ごしている。何も不満はない。

しかし一方で、私の中には日に日にある疑念が湧いてきていた。

「あの、ききたいこと、あるんですけど」

我慢できず、店に来てから二十日ほど経った頃、昼間のカウンターでせっせと薬草をすり鉢で砕いている店主にとうとう尋ねた。

「このおみせ、おきゃくがぜんぜん、きてません？」

私たちが働き始め、相手をした客の数は片手どころか指一本で足りる。

流行《はや》ってなさ過ぎじゃない⁉

おかげで勉強がスムーズに進みまくってるんですけど⁉

「……だから言ったろう」

ジゼルさんは手を止めずにぼやく。

「開店した時からずっとこうだ。月に一人くればいいほう」

「どうやっていきてたの⁉」

「貯金食い潰しながら、なんとか」

うっわ、一気に雲行きが怪しくなってきたー。

商業都市は店の入れ替えが激しいというのに、この人のんびり構え過ぎだ。定年後に趣味で喫茶店経営してるジジイじゃあるまいに。

「うらしゃかいのえーぎょーとか、してないんですか？」

「…どういう目で私を見てる？」

「だって、くすりはいろいろあるし。なんかこー、やたらきもちよくなって、やめられなくて、あたまおかしくなるものとか、あったりするでしょ？」

「どこで覚えてきた。あのな、そういうやばい薬は、売っちゃいけないことになってるんだ」

へえ、規制なんてあるんだ。そしてそれを順守していると。

ほんと、ただのいい人なんだな！

そのことには安心できたものの、経営への心配は消えない。

「せんでんは？　っていうか、そうだ、なんでドアしめてるんです？　みせ、あいてるのわかりにくいですよ。はいりにくいし」

「開けてると通行人に逃げられるんだ。なぜか」

「ああ……」

店の奥に鎮座する不動明王みたいなこの人を見たら、逃げたくなる気持ちもわかる。

人柄を知っていれば全然怖いことないんだが、ただでさえ体が大きくて威圧感がすごいし、無口だし、愛想笑いすらしないので、もともと客商売に向いていないタイプなんだろうな。

しかしこれは、早くなんとかしなければ、また路上生活に戻りかねない事態だ。

「――リルねえ！　いますぐ、さくせんかいぎ！」

「え、え？」

店先で乾燥させる薬草を並べていたリル姉に呼びかけ、即行動だ。

最初に雇ってもらう条件として、客をもっと増やすと宣言した。真面目に仕事していても店が潰れては元も子もないのだ。

せっかく見つけた居場所を、みすみす失ってなるものか。


転生してから新しく発見できたこと。

私って、わりと商才があるのかもしれない。

「いらっしゃいませ！　おひとつ、どうぞ！」

店の前でいい匂いを放つ薬湯を、興味を持って寄って来た人々に振る舞う。

可愛い二人の看板娘に笑顔で勧められ、さらに無料の試飲と聞けば、邪険にする人は誰もいない。

「薬湯？　病気じゃなくても飲んでいいものなの？」

「そうなんです」

主に近くの市場へ買い物に来ていた奥さんなどを捕まえている。ストールを頭に巻いている細面のその人は、薬湯の入ったお椀を持って不思議そうにしていた。

「くすりのやくめは、ふたつです。びょーきをなおすものと、びょーきにならないようにするもの」

「どうぞ味見してみてください。これはザロクの葉とサンの実が入っています。甘酸っぱくておいしいですよ。効能は体の冷えを治すのと……肩こりに効きます！」

リル姉の説明も完璧。一生懸命覚えたもんね。

「あ、ほんとおいしい。薬って苦いものだと思ってたわ」

一口飲んでみた女性は味を気に入ってくれた模様。

私は他の人にも見えるように、薬湯の原料が入った薬包紙を掲げ、説明を続けた。

「これからどんどん、ひえてくるでしょ？　このコナをね、おゆにまぜてのむだけで、ぽっかぽかになりますよ。ほら、もうぽかぽかしてきたでしょ？」

「今なら十パック七〇〇ベレの特別値下げ価格ですよ～」

「なんならほかにも、からだのこまりごとは、うちのてんちょーにきいてもらえれば、いいものをしょーかいしてもらえます。ね、ジルねえ！」

最後は扉を開け放した店の奥に鎮座する、強面《こわもて》の店長に呼びかけた。

すると私につられて中を見た人たちが一様にぎょっとし、それから、「あれ？」という顔になる。

「姉？　女の人なの？」

「そうですよ。わたしたちの、やさしいジゼルおねーちゃんです！」

やっぱりジゼルさんの見た目にビビって逃げる客が圧倒的に多かったので、まず彼女が女であるということと、怖い人ではないのだと印象付けるために、リル姉と合わせて『ジル姉』と、呼ばせてもらうことにした。ちゃんと本人の了解も得ている。

「へえ、三姉妹でお店をやってるの？」

そしたらほら、こんなふうに思われる。強面店主はあっという間に、幼い妹たちとがんばって生きている健気な人へと早変わりだ。

「えんりょしないで！　あのひと、こわいのみためだけです。このまえなんか、おみせにきたこどもにこわがられてなかれちゃって、どうしていいかわかんなくてオロオロしてたんだから」

「エメ、よけいなことを喋るな」

すかさず不機嫌な声が中から飛んでくる。それに思わず笑った人もいた。

「とにかく、きになることがあったら、なんでもきいてください。グチもすこしなら、いいですよ？　さあどうぞ！　そうだん、むりょうです！」

「じゃあ…」

と、こうして何人かが店の中に入ったりする。

店主が女とわかれば、同性ならではの相談事ももちかけやすい。それに対してうちのジル姉さんが的確な薬を処方してくれる。

実演販売していた薬湯の粉だけその場で買って帰る人もいるので、リル姉と分担し、外と中とで接客だ。

うむ、今日も客の入りはよし。


一日に何回も、大通りのほうまで薬を売りに行って宣伝しまくり、ようやく客が少しずつ付くようになってきた。

野花などと違い、もともと薬は生活必需品であり、売って売れないものではない。きちんと宣伝して評判を上げていけば簡単に客は入る。

宣伝するだけでなく、店の外観もよくないので、壁を覆うツタを取ってきれいにしたりなどの、地味な営業努力が陰にはあった。

そして他にもやったことがもう一つ。

「――じゃ、そろそろいってきます」

集めた客が大体はけた頃を見計らい、傷薬や頭痛薬や腹痛薬を詰めた鞄を背負い、私とリル姉は別々の商家へ、常備薬の補充へ赴く。

薬屋と聞いてまず思いついたのが、越中富山の薬売り。

家庭の薬箱の中から、使用された分だけお金をもらって定期的に薬を補充していくあの懐かしい制度だ。私が子供の頃にはまだあった。規制緩和になってあちこちで薬が売られるようになってからは見なくなったけど。

大きな商家は住み込みの使用人なども多いので、彼らが軽い不調になった際に症状をやわらげる薬を勧めてみたら、数軒で交渉がうまくいった。

こうして、店に来ない人も客に取り込み、売り上げは順調に伸びていっている。

昼間は忙しく働き回り、夜には引き続き薬の勉強で、毎日、時間が経つのが早く、気づけば最初に試用期間として提示したひと月をとっくに過ぎていた。

ジル姉呼びもすっかり定着し、最近は敬語もほとんど使ってない。

なので店を閉めたその夜に、思いきって聞いてみた。

「わたしたちのこと、おいださないよね？」

ストレートに、重要な点に絞った質問をぶつけると、ジル姉には呆れたように返された。

「わかってて言ってるだろ」

「だよね！　もうわたしたちなしじゃ、まわらないもんね！」

滋養強壮剤など日常的に服用する薬には常連もできており、毎日必ず店に客が来るし、商家への薬の補充も一人では大変だ。

そしてなにより、毎日寝食を共にして自分を姉と慕ってくる子供に情が湧かないわけがない。

すべては計画通り！

これで永住権は獲得したも同然だ！

私が心の中でガッツポーズしたのを見抜いたのか、ジル姉がじと目を向けてきていた。

「…お前はリルの分まで悪知恵が働くな」

「ジルねえが、おひとよしなんだよ」

ねー、とリル姉と顔を見合わせ笑う。

「まだまだもっと、はんじょーさせるよ！　おみせおっきくして、まいにち、ごちそうたべられるくらいにするの！」

「庭で育てるのは花じゃなくて薬草ね？」

「そのとおり！」

花屋が薬屋になっちゃったが、似たようなもんだよね。

私たちの夢物語を聞きながら、本来の店主であるはずの人は「もう好きにしてくれ」と笑いまじりに言っていた。

09

新しい場所での生活にも慣れ、大地に春風が吹き渡った頃。

街の一角に、キノコが生えた。

壮観な光景に思わず声が上がる。

「お～」

赤や黄や緑の大きなパラソルが、街の東の広場にたくさん立てられており、カラフルなキノコが群生しているように見えたのだ。

パラソルの下では、商人たちが布を敷いて様々な品を売っている。

いわゆる、露店市だ。

都市から都市、あるいは国を越えて旅し、色んな地方の商品を売って回る行商たちが集まって定期的に開かれるものらしく、ここでしか手に入らない品があるため、多くの人が早朝からひしめいていた。

かくいう私たちも、薬草の仕入れのために出向いている。

客が増えたことで消耗が早くなったため、たくさん買い付けるつもりで背中に籠を背負っている。

すでに城壁の中をけっこう歩き回っていると思っていたが、この市場は初めて見る。威勢のいいかけ声を聞いていたら、なんだかわくわくしてきた。

市場に入る前、ジル姉にはあらかじめ注意をされた。

「迷子になるなよ」

「はーい！」

元気よく返事し、即座に駆け出す。

「おい⁉」

「エメ！」

二人の制止の声が聞こえたが、別に姿が見えなくなるほど離れるつもりはない。

好奇心が急かすのでちょっと先に行くだけだ。

目に入ったのは、陶器の皿や、凝った模様が入った絨毯《じゅうたん》、化粧品や装飾品。香水の匂いも漂ってくる。他には塩漬けにされた魚や、びっくりしたのが解体された牛一頭丸ごと。豪快だ。

高そうなものから、そうでもなさそうなものまで、とにかく色々売られていた。

「お、可愛いお嬢ちゃん、いらっしゃい！」

通りかかって足を止めると、緑の服と帽子をかぶった髭《ひげ》の店主が愛想よく迎えてくれた。

彼の前には乾燥させた葉や小さな実、木の皮みたいなものが袋に入ってたくさん並んでいる。たぶんここだな、目当ての場所は。

止まった途端に頭をがしっと掴まれて、ジル姉の怖い声が降ってきた。

「走るな」

「…はーい。でも、まいごにはならないよ？　ジル姉を目じるしにできるから」

人より頭一つ突き出ている彼女のことはすぐに見つけられると思う。

しかし、それでもはぐれるなと再度念押しされた。「何かあったら面倒だ」そうだ。

「エメ、私と手つなご?」

「え、そこまで?」

結局、リル姉に手を取られて大人しくさせられました。そんな、人混みではぐれるような子供じゃないんだけど。

あれ? でも絶対はぐれないと思って突っ走るのが子供なのか? うーん、認めたくはないな。

「ははっ、仲がいいねえ」

店主が私たちのやり取りを見て笑ってる。はずいわー。

やはりここが目当ての店だったらしく、ジル姉はその場にしゃがんでさっそく商品を見始めた。

「ランチェが欲しいんだが」

解熱鎮痛に劇的な効果がある薬草だ。希少種で手に入りにくいものらしいので、この市場をあてにしていた。

初対面ではわりとビビられがちなジル姉だが、熟練した商人の陽気な笑顔は微塵も崩れない。

「もちろんあるとも! おたくは薬屋かい? 香辛料もいくつかあるから見ていっておくれ!」

香辛料は、食味の向上以外に薬にもなる。うちにもハーブがいくつかストックしてあるが、ここでは他に珍しいものを様々売っていた。

「ねえ、これなめてみてもいい? ちょっとだけ」

まっ赤な粉が入った小さな袋を指し、店主に確認を取る。

「へ？　ああ、いいよ。でも辛いから気をつけてな」

「うん、ありがとう」

人差し指と親指で粉をつまみ、舌先に乗せたらビリっときた。うん、トウガラシ。

リル姉も真似して舐《な》めて、「くはっ」と吐いた。

「あはは、目が覚めたろう？　そいつは気つけに効くんだよ。ただし妊婦にゃよくない」

「そ、そうなんですか。勉強になりました」

リル姉は涙目になりながらも、健気に店主にお礼を言う。

「だいじょぶ？」

「うん…だんだん、治ってきたわ。エメは平気なの？」

「ほんとに少ししかなめてないから。先にいえばよかったね。ごめんよ」

「ううんっ。でも、うう、確かにこれは気つけになりそうね」

「他のもちょーせんしてみる？　おじちゃん、いい？」

「いいよ。ちょっとだけな」

気のいい店主の好意に甘え、いくつかの香辛料を味見。辛いものばかりでなく、すーすーするものや、なんとも言い難い独特な風味を持つものがあった。

「こういうのって、どこでとれるの？」

気になったので、店主とジル姉が話している隙間を狙ってまた訊いてみる。

「ここよりずっとずっと南の、海を越えた小さな島さ。おっちゃんが子供の頃にゃあなかったもんだが、十年くらい前から入るようになってきたかなあ」

「ティルニ王国と同盟を結んだことで南の海域に船を出せるようになったからな」

ジル姉が店主の説明に、なんだか難しげな補足を入れた。

「ティルニ?」

「トラウィスの南の国境と接している国だ」

トラウィス、は私たちが今住んでいる王国の名前。なるほど、国どうしの同盟によって交易の幅が広がったと。

「どーめーしたのが十年まえ? そのまえは? せんそーしてたの?」

「いや、長らく停戦協定が結ばれていた。我らの王がティルニの王女を迎えた時に和平同盟が成立したんだよ」

政略結婚ってやつか。本当にやってるもんなんだなあ。

ずいぶん時代の遅れた、とんだ場所に生まれ直してしまったが、平和な世であったことはせめてもの救いだったかな。

途中で世間話などを交えながら、貴重な薬草を少しと、他のよく使う薬草や香辛料など細々としたものを選んで背中の籠に入れた。

「――はい、じゃあ合計で五万ベレです」

店主が提示した合計金額に対し、ジル姉は用意してきた分のお金をそのまま出した。

これには店主も私たちもぽかんとなる。

「ジル姉、ねぎらないの？」

袖を引っ張り、こっそり尋ねた。

普通の店舗でもままあることだが、値切られるのを前提で商人は高めに値段を言うものだ。大体、周りから聞こえる喧騒は半分が売り声で半分が値切り交渉の声だったりする。

しかしジル姉はそんなことはしないと言う。

「店を構えている者より、行商は危険な目に遭いながら各地を回る。彼らがいるから私たちも商売ができるんだ。そういう相手に対しては値切れない」

わあ…義理堅い。いい人通り越して不器用な人に思えてきた。商売人としてはどうなんだろうか。

口を出すべきか迷ううち、先に金を渡された店主がその一部をジル姉に返した。

「四万でいい」

「は」

ジル姉は戸惑っていたが、「いや、いいんだ！」と店主は明るく強引にお金を押し付けた。

「そんなふうに言われちゃあ、ぼったくれないよ。金になるならなんでも売り払う商人にだって、誠実な心は残ってるもんだ」

交渉せずに一万も安くなった。無欲の勝利と喜ぶべきか、この店主金額盛り過ぎだと怒るべきかは微妙に悩む。

ジル姉は手元に戻って来たお金に首を傾げていた。いいから、しまっとけ。

その様子をリル姉がくすりと笑い、ジル姉の腕に飛び付いた。

「ね、買う物は買ったけど、他にも見て回ろう？」

「ん？　ああ…」

「せっかくだしね！　ありがとね、おじちゃん！」

私ももう片方の腕に取り付いて、二人でジル姉を引っ張りまだまだ賑わう市場を回った。


ブローチにイヤリングにネックレス。

女の子が惹かれるのは、世界が違っても同じ、きらきらしたもの。

春の日差しに当たって輝くように、わざとパラソルを傾けて立てている露店の前で、リル姉も私も足を止めた。

私たちの他にも年齢を問わず、女性が周りにたくさん集まって、小さな小さな宝石がちりばめられた美しい装飾品に溜め息を吐いてた。

女性は男性よりも多くの色を識別できるらしい。脳の仕組みとして、色彩への感受性が強いのだとか。

だから、女性が色どりの豊かなものを美しいと感じ、惹かれてしまうのは、無理からぬことなんだよね。

「すごい、きれいねー」

螺鈿《らでん》を張ったカエデの葉の形の髪飾りを手に取り、リル姉もまた溜め息を吐く。

私たちの懐《ふところ》具合じゃあ、まだまだ、だいぶ手が出ない。

すると後ろに立っていたジル姉が、「どれか買ってやろうか？」と言い出したので、びっくりしてしまった。

「いいの⁉」

「普段、一生懸命働いてくれてる分だ。ただし、高いのは無理だ」

「ほ、ほんとに？」

リル姉は嬉しがるよりむしろ、戸惑っている。

「でも、ちょっと悪いっていうか…」

「まあまあ、ここはあまえようよリル姉」

別に遠慮する必要はない。自分へのご褒美は大事。

「これから、倍かせげばいいだけだよ。それに、今日しか手にはいらないものかもだよ？」

「そうだぞ。私の気が変わらないうちに選べ」

二人がかりで促されて、リル姉はしばらく悩んだ末に「じゃあ…」と焦げ茶色のリボンを取った。

もっと派手なのを選んでも……さすがに宝飾品は無理にしてもさ。

と思わなくもないが、幅広のリボンをいつものポニーテールに結んだらきっと可愛い。地味なほうが普段使いにはいいかもね。せっかくだから今度、私が編み込みとか色々やってあげようかな。

そう思ったら、もう一人の姉にもなんだかよけいな世話を焼きたくなってきた。

「――ジル姉も、なにか買ったら？」

「は？　私が？」

まったく飾り気も化粧気もない彼女は、何を言っているんだと呆れた反応だ。

「私にリボンを付けろとでも？」

「ジル姉にリボン？　あ、でも意外とかわいいかも」

「やめろ」

想像してみたらしいリル姉に、ジル姉が唸る。

まあ、髪型的にも年齢的にもリボンは若干きついかもしれないが、大人の女性が付けられる装飾品は他にたくさんある。

「イヤリングは？　にあいそう」

青と透明な石が連なったイヤリングを取り、ジル姉をしゃがませて合わせてみる。するとリル姉がすぐさま手を叩いた。

「あ、いい！」

「だよね！　いいよね！」

石の輝きが黒髪によく映える。

だがジル姉は苦笑しながら私の手からイヤリングを取り、店主に返してしまった。

「ジル姉も、おしゃれしたらいいのに」

「そういうのは性に合わん。私のことより、エメも自分のを選べ」

「わたしはきまってるよ。これ」

と、傍の商品を取って掲げる。

予想通り、ジル姉もリル姉も眉をひそめた。

「ヤカンだぞ」

「うちにないから」

装飾品の露店のすぐ隣に金物屋の露店があり、赤銅色の容器がさっきからずっと気になっていた。髪飾りなどはきれいだけど、特に今は必要ない。それより他にやってみたいことがある。

「おー、嬢ちゃんはお目が高いなっ。そいつはガレシュ王国で作られたものだよ。いい品さ」

ヤカンを手に取ったことで金物屋の店主が話しかけてきた。また知らない国の名前だ。

「ガレシュ?」

「トラウィスの西の国境と接している古い王国だ」

例によって説明を求めてジル姉を見たら教えてくれ、さらに店主が付け足した。

「ガレシュは優秀な鍛冶師の多い国でね、金物の出来は評判がいい。中でもとびきり優秀な職人からうちは仕入れてるんだ。叩いても落としてもへこまない。薄くて軽いが頑丈だ」

「じゃあ、これにするっ」

「…お前がそれでいいならいいが」

というわけで、リル姉ともどもご褒美を買ってもらって、ほくほく顔で市場を出た。

「何に使うの？」

私の抱えるヤカンを指してリル姉が訊くので、にんまり笑って答えてあげた。

「ちょっと、じっけんしてみようかな、って」

「実験？」

「うん」

衣食足りれば、何かしらやり始めたくなるのが、人間だと思うんだ。

10

「――さて、と。でっきるっかな～？」

完成した装置を隅々まで確認した後、竈《かまど》に火を入れてみる。

上に乗っているのは市場で買ってもらったヤカン。その注ぎ口に金属管が刺さっていて、途中で水を溜めた桶をくぐりコップの縁に繋がっていた。

「ねえエメ、これは一体なんなの？」

「じょーりゅーそーちだよ」

今日は薬屋の定休日。

リル姉が朝から教えてもらったことの復習をしている傍《かたわ》ら、私は蒸留装置作りに励んでいた。

ヤカンに入れるのはジル姉がたまに晩酌する麦酒。

これから蒸留酒を作ろうというわけだ。

もちろん、それを飲もうとか販売しようとか考えたのではない。薬屋らしく、薬草の成分抽出に使いたいと思ったのである。

現在、うちで主に行われている抽出法は水による煮出しであるが、この方法だと水に溶けない成分は抽出できない。

そこで他の抽出法を試してみたくなり、すぐにできそうだったのがエタノール抽出、つまり酒を使った抽出法だった。

この時に重要になるのがエタノールの濃度、いわゆるアルコール度数だ。

酵母を発酵させて作られる醸造酒の度数は、高くてもせいぜい二〇パーセントが限界。一方で、抽出には四〇パーセントくらいほしい。

ここらで手に入る麦酒は醸造酒らしいことが話を聞いてわかったので、自分で蒸留することにした。

最後に液が出てくるところ以外はなるべく密閉していなければならないので、前に店に来てくれて知り合った鍛冶師に頼み、金属管をヤカンの注ぎ口に溶接してもらった。ヤカン本来の機能は果たせなくなったが蒸留はうまくいきそうだ。

ヤカンの中身が沸騰してくると、水より沸点の低いエタノールから気体となって管を通る。途中の二か所で折れ曲がっている管が椅子の上に置いた水桶の中をくぐって、そこで気体が冷やされ液体となり、管の端から、ぽた、ぽた、と一滴ずつ下のコップに落ちた。

「よし、いいかんじ」

「出てきてるのがお酒の強いやつなの?」

リル姉も傍にしゃがみ、垂れてくる液をおもしろそうに見てる。なんかこういうCMが昔あったな。一滴一滴じっくり見てますってやつ。

「そうだよ。あ、すでさわるのだめね。はだが弱いと、ひりひりしちゃうから」

「わかった。触らないわ」

蒸留には時間がかかるので、汗をかきながら火加減を調整し、だんだん温まってきてしまう水桶も取り替えながら気長に待つうち、昼前からどこかに出かけていたジル姉が帰ってきた。

そして案の定、蒸留装置に眉をひそめられた。

「何を始めた」

「じょーりゅー。きのうやるって言ったよ？　ジル姉のおさけ、もらったからね」

「それはいいが……火事だけは起こすなよ」

「だいじょぶ。そろそろおわる」

コップの三分の一くらいまで溜まってきたので、ひとまず今はこれでやめにしとく。果たして度数が四〇パーセントを越えているか、まったくわからないがやってみよう。

「なんかの、やくそうちょうだい？」

「遊びに使うならだめだ」

「あそびじゃないよっ」

立派な研究だ！

だが、ジル姉の目には子供独特のわけのわからない遊戯にしか映らないらしい。昨日説明したことも、あまり理解されてないみたいだ。

まあ、怒られないだけマシなんだけどね。

仕方がないので、適当にその辺の道に生えてる草を採ってきた。

それはそれで実験のしがいがある。

一般に薬草とされていないものに新しい抽出法を試すことで、素晴らしい発見が期待できるかもしれない。

すなわち新薬開発！

蒸留したエタノールを分取して草を浸け込み、容器をお湯で温めながら混ぜて、ゆっくり成分を抽出する。数時間後に、ぼろぼろになった葉の残骸をろ過して除き、抽出液を得た。

「…で、それをどうする気だ？」

一応横で作業を見てくれていたジル姉が、尋ねた。

うん、どうしようか。

仮に体にいい成分が抽出できていたとしても、飲んでみるわけにはいかない。

「ええと、ネズミにでもやってみる？」

というわけで後日、仕掛け罠で捕らえたネズミを用意。

抽出液に小麦粉を入れて固めて団子にし、与えてやるとネズミは夢中でそれを食べ尽くしてしまった。

そして食べ終えてから間もなくし、急に引きつけを起こして口から泡を吹いてしまい、そのまま二度と起き上がらなかった。

うん……予想以上に、効果絶大だ。

「うちで毒を作るな！」

とんだ新薬発見を受け、滅多に怒鳴らないジル姉もさすがに怒りました。

いやはやびっくり。

路上生活してた時とかその前とか、わりと適当にその辺の草採って食べてたけど、実は危なかったのかもしれない。今回わかって冷や汗が出てきた。

「…あ、でも、ネズミたいじのくすりってことで、売れるかも？」

「売る気か⁉」

ここまで効果があるならいっそのこと、石見銀山《いわみぎんざん》ねずみ捕りみたいな売り文句でいけそう。

そう思って、店に来た主婦たちに話し、試しに使ってもらったら意外と評判がよかったので、そのまま店頭に並ぶことになった。

ただし死んだネズミは食べちゃだめですよと注意したら、そもそもネズミなんか食べないと返された。あれは貧民街のみの文化らしい。

あとは子供などが間違って食べる場所に毒団子を置かないでくれたらオッケー。ネズミの死体も普通に捨てないで燃やすなりして処理してくださいと注意しておいた。

「ほら、あそびじゃなかった」

売上げに貢献できたことを、ジル姉に胸を張って言ってみたが、

「これ規制に引っかからないか？　大丈夫なのか？」

店長はただただ不安そうにしており、後日、念のため役所へ申請に行き、無事に認可をもらってきてくれたそうだ。

このことに味をしめた私は、ジル姉の知らない種類の雑草を採って来てはエタノール抽出や油を使った抽出法などを試しまくった。

抽出溶媒の種類だけでなく、植物部位ごとに分けてみたり、数か月から一年以上に渡って浸け置きしたらどうなるかなど、時間の許す限り様々なことを試して記録を取っていった。

見つけられたのはほとんど毒薬だったけど。だって、単にネズミに食べさせる方法では毒しかわからないんだから仕方ない。特定の病気を発症させた個体なんて用意できないし。

食べさせたら弱っていたのが劇的に元気になったーとか、飛躍的に寿命が延びたーとか、あきらかな結果が得られたらよかったんだが、残念ながら。

でも何に毒があるかを知るのもまた大事だと思うんだ。

リル姉には応援されながら、ジル姉には呆れられたり時に止められながら、やる実験は楽しくてしょうがなかった。

いや別に毒薬作りが楽しいってことじゃなくてね、実験が好きなだけ。有益な薬ができないのは単純に運の問題だ。

こうして私が暢気な実験をしていられるのは、生活が安定している証拠で、自由にさせてくれるジル姉のおかげ。

ほんと、素敵な居場所を見つけられたなあ。
どろどろした濃い紫色の液体をかき混ぜながら、今日も幸福を噛みしめる。

…どうやって処分しようかな、これ。

11

「エメ、シルクできた?」

「できたよ。はい」

絹ではなく乾燥させた広葉の、私がせっせと粉砕しておいたものをリル姉に器ごと渡す。

リル姉は手元の乳鉢にそれをぱらぱらとまぶし、乳棒を使って粘着質の物体とねりねりまんべんなく混ぜる。今は傷口に塗って炎症を抑える軟膏を作っているところ。

ジル姉のもとに転がりこんではや五年。

私十歳、リル姉十七歳、近頃は簡単な薬なら調合をまかされるようになりました。

私もリル姉もこの店で扱うほとんどの薬を把握して、もはやベテラン店員である。ジル姉が薬草の仕入れに出かけている間、調合しながらの店番だってお手の物。

例えば、いきなり客が駆け込んで来たって問題ない。


「助けてくれリディル!」

片腕を押さえ、若い男がうるさく叫びながら現れた。

私は溜め息を吐き、リル姉は素直に驚いた様子を見せる。

「ロッシ? 今度はどうしたの?」

「荷運び中に台車が倒れて、擦り剥いちまったんだ。薬塗ってもらえないか？」

「はいはいどれ？」

リル姉より先に私がカウンターを乗り越え、こやつの腕を取る。途端、ロッシはあからさまに不服そうな顔をするので、お前の魂胆はわかってんだよと笑みを返してやる。

こいつは運送屋の息子で、店の常連だ。毎度毎度あの手この手で怪我をしてきては、リル姉に看護してもらいたがる。

リル姉が年頃になってから、最近この手の客が多いんだよなあ。

店が儲かるのはいいが、そう簡単にリル姉に触れると思ってもらっちゃ困る。

そして問題なのが、本人が狙われているのに気づいてないってこと。

もともとうちのリル姉は超絶可愛かったが、年頃になったらそこに《きれい》もプラスされ、魅力がさらに増している。

路上生活していた頃と違って肌の血色はいいし、出るとこ出てきたし、作業中は伸びた髪をおだんごにしてて、うなじ出してるのが艶っぽい。

おまけに性格は素直で控えめで、優しいし面倒見いいし、癒し系な雰囲気出してるしで、あらゆる特徴が、いかにも男受けしそうなんだよなあ。

本人がいくらしっかりしていても、一人で店番はさせたくない。

「ちょうど擦り傷に効く薬を作ってたところよ」

「じゃあそれをリディルが塗ってで⁉」

ロッシがリル姉のほうへ身を乗り出そうとしたので、思いきり傷を親指で押してやったら、大の男に涙目で訴えられたが知らん顔。

「瓶に詰めてやるから自分で塗れ。ここは治療するとこじゃないよ。あ、一瓶三〇〇〇ベレね」

「いつもより倍高いぞ⁉」

「薬草が不足してるの。ごめんね？」

「う……」

リル姉が申し訳なさそうに言うだけで、ロッシは強く出られない。

いや別にムカつくからぼってるわけじゃないんだ、ほんと。良心的な商売してますから。

「あの、ところでリディルは今夜痛っ⁉」

買い物を終えたロッシが不穏なことを言い出したので足を踏んづけてやった。

付き合ってもいない分際で夜に女を誘うとは、いい度胸だ非常識野郎め。

「なにすんだ妹！」

「あんたの妹じゃない。用が済んだならさっさと帰ってよね。あと、わざとケガしてくるのは必死過ぎて傷ともどもに痛々しいからやめたらいい」

「なななななにゃにを⁉」

気づかれてないと思ってたのか。純粋なやつ。でもリル姉をまかせるには不安過ぎる。

ちょうどその時、ジル姉が入り口をくぐって帰って来た。

するとロッシは急に慌て出し、上ずった声で「じゃ、じゃあまた！」とあっさり出て行った。

「またロッシが来てたのか」

ジル姉も呆れた顔で見送っている。

「あいつ、ジル姉がいない時を狙って来るよね。きっと怖いんだ」

「そんなんじゃだめだな」

「うん。だめだ」

「何がだめなの？」

リル姉の鈍さはそろそろマジで不安になってきてる。

きょとんとしてるの可愛いけどさ。

「ところでジル姉、薬草が本格的に足りなくなってきてる」

ロッシのことは遥か彼方に置いといて、現在直面している問題に話題は移る。

「何が足りない？」

「軟膏に使うものが軒並み足りないわ」

「あとカプツの実にザロクと−、あとユノラもなくなった」

「ユノラはお前が実験に使ったものだろう」

「ついでにあったらいいなあと」

実験で作った殺鼠剤《さっそざい》はずっと売れ筋だ。

だが、おかしな色の液体を作り続けていたせいなのか、いつの間にやらジル姉の信用を失い、私一人では普通の薬の調合をさせてもらえなくなった。必ずリル姉かジル姉が見てる時でないとだめだってさ。

私が触ると毒が混入するとでも思っているらしい。

毒薬はたまたまできちゃっただけなのに！

「――これなら、行商が来るのを待つより自分たちで採りに行ったほうが早いな」

ジル姉自身でも改めて在庫を確認してそう言った。

採取場所は城門を出たところにある森で、これまでも行商の到着が遅い時には自分たちで採りに行っていた。

ただし、私は幼いことを理由に留守番ばかりさせられている。

だが十代の仲間入りをしたことだし、今回は連れて行ってもらおう。

「私の手ももちろんいるよね？　採りたいものがけっこうあるもんね？」

にっこり笑って両手を差し出してみせる。

途端にジル姉が溜め息を吐くのはなんでだろうね。

「…ちゃんと言うことを聞くのなら、連れて行ってやらないでもないが」

「もちろん！　聞かなかったことなんてあった？」

「あった」

断言されてしまった。私は覚えてないけどなあ。

もしかして私を連れて行ってくれなかった理由は、幼いからだけじゃない感じ？

「エメを連れて行くと何をし出すかわからんからなあ」

「何もしないよ⁉　あれ⁉　私、別に面倒ごと起こしてきてないよね⁉」

「面倒ごとじゃなくても、すぐに予想外のことをするだろう」

「しないって！　――わかったよ、今日はぜーんぶジル姉の言う通りにしてます。大人しくするから、ね、お願い連れてって！」

「それなら、いい。今の言葉を忘れるなよ」

必死に頼み込んで、ようやくジル姉からお許しをもらえた。なんなのこの信用のなさ。

ま、連れて行ってもらえるならいいや。

部屋での実験も好きだが、野外実習も大好きな私です。


思えば初めて、壁に囲まれた街を出る。

城門は東西南の三つに設けられており、昼間開門し、夜間に閉門する。まるで入国審査のごとく、門番に簡単に目的を尋ねられるが、基本的に出入りは自由であるらしい。

私たちは南の門から出た。ここでずっと前に、私とリル姉は門番に睨まれて追い払われたが、今はそんなことも起こらない。

ジル姉がいるし、私もリル姉も小奇麗な格好をしている。今日は採取だから下はズボンで外套《がいとう》を羽織っており、靴だって底がしっかりしているものを履いているのだ、悪さをするような子供にはもう見えない。

中身はこれっぽっちも変わったつもりはないが、外見の変化だけで対応もがらっと違う。それが少し複雑な気分だったが、門をくぐったらすぐ忘れた。

目に飛び込んだのは、初夏の鮮やかな緑。

風渡る、草原の海だ。

家や店がぎっしり並ぶばかりの窮屈な街中の景色から一転、実に爽快な光景だった。

「ずっと向こうに大河が見えるだろ」

ジル姉が東の方向を指す。

だいぶ遠くに、青く光る大きな水の流れが、かすかに見えた。

「街の水路はあそこから引っ張られてきているんだ。川上では漁師が魚をとっている」

「へえ…」

「草原では家畜が飼われている。トラウィスは家畜産業の盛んな国で、草原が多く、農家は豆なんかの作物を育てながら家畜を飼って生活してる。それで毛皮がよくとれるから交易品になったりしてるんだ」

時折なだらかに隆起する草原の道を歩きながら、世間話にジル姉がこの国のことを教えてくれた。

一般的に、草原の広がる土地は栄養に乏しい。主要作物が豆なのも、小麦などと比べて割り合い痩せた土地でも育つためだろう。

しかし、道をしばらく行ったら大きな森があったので、そこまで深刻に地力の低い場所ではないのかなと思う。

広大な森を貫くように、馬車が通れる幅の道が一本、草原から変わらず引かれていた。この先へ行くと農村があるらしく、ちょっと覗いてみたい気もしたが、目的地はあくまで森だ。

道が見えなくならない程度の場所で薬草の採取を行う。

あまり深入りすると出て来られなくなるし、何が潜んでいるかわからない。用心としてジル姉は剣を、私とリル姉も短剣を腰のベルトに差していた。

「私の視界の中から消えるな。特にエメ、何を見つけても走るなよ」

はじめに私だけ厳重注意を受けた。リル姉まで心配そうにして近くにいるし。

そりゃ多少は興奮してきょろきょろしたけどさ、だって初めて街の外に出たんだもん。でも大丈夫だってば。

すでに来たことがあるリル姉に採取方法を習いながら、採った物は籠に入れる。

目的の薬草以外にも見つけた興味深い植物は、別の袋に入れて持ち帰ることにした。

いやー楽しいなあ！

街中じゃ見ない植物ばっかりだ。いっそ森の中に住みたい。

赤いキノコなど珍しいものまである。

赤といえばカエンタケのような触るだけでやばいものがあったりするから、採取時はきっちり、革の手袋をはめる。大人用ので、ぶかぶかだが、特に問題はない。

準備万端で身を乗り出した時、ふと違和感を覚えた。

そして、気づいた。

「エメ？　どうかした？」

「っ、来ちゃだめ！」

「え？　なに？」

片手を突き出し、寄って来ようとするリル姉を止める。


このキノコが赤いんじゃない。


横に転がってる……う、腕から漏れた血が付いたんだ。

しかも持ち主はどこにもいない。まるで作り物のようで、でもそんなわけない、よね。


ぐるるる、と低い唸り声が奥から聞こえた。


視界がいきなり反転した、と思ったら、私は後ろへ放り投げられており、剣を抜いたジル姉が、木陰から突如飛び出した獣を切りつけた。

「エメ！」

リル姉が私のもとへ駆け寄る。

私たちは呆然とジル姉の背中と、サーベルタイガーのような獣を見つめていた。

「二人とも動くな！」

ジル姉の鋭い指示が飛んだ。

いや、あの、これ、助け呼んだほうがよくないか？

獣は長身のジル姉よりも大きいんじゃないかと思える。口の脇から飛び出す発達した犬歯に、腹でも噛まれたら余裕で貫通するだろう。

どう見ても、たった一人で、しかも剣一本で、どうこうできる相手じゃない。

下手に動けば危険かもしれないが、このままでいいわけない。リル姉の手を握りしめ、私は即座に助けを呼びに走ろうとした。

その時。

ジル姉の剣が突然光った。


後のことは、まるで夢を見ているかのようだった。

淡い燐光を放つ剣をジル姉が振るうと、光が空間を鞭のように走って、獣の体を深く切り裂いた。

続いて恐ろしい悲鳴がこだまする。

怯《ひる》む獣の横へ素早く回り込んだジル姉が、最後は首元目がけ思いきり剣を振りおろしたことで、悲鳴が止まった。

「ふぅ…無事か？」

そして余裕の気遣いである。

……強ぇえっ！　この人こそチートか⁉

「ジ、ジル姉は大丈夫？」

リル姉がおずおずとタオルを差し出し、ジル姉は受け取って血を拭いながら「問題ない」とクールに返答。

「…そんなに強いのに、どうして兵士やめちゃったの？」

「大人には色々あるんだよ」

どこか遠い目をしながら、ジル姉は剣の血を払って鞘《さや》に収めた。

そして私が見つけた死体を検分する。本体は近くを探したら茂みの下に隠れていて、散らばった荷物も見つかった。

「行商だな。おそらく、これが薬草が街に届かなかった原因だろう」

「ど、どうするの？　その人」

ジル姉の後ろからおそるおそる尋ねる。

「弔《とむら》ってやらなくちゃならんが、今は道具がない。兵士に知らせて後はまかせよう。それより他にも獣がいると危ない。急いで引き上げだ」

「そ、だね」

まだ採取の途中だが、そんなことも言っていられなかった。

「本来、こういう猛獣は駆除されているはずなんだがな……どこからか移ってきたのか」

ジル姉はぼやきながら、自分の身長ほどもある獣をひょいと背負う。

持っていったほうが説明するのに早いからっていう、そんな理由。

口で言えば十分でない？　ジル姉の服や、歩いた後に獣の血で線が引かれていて、やや怖い。

男勝りどころか超人の域だ。


「――ねえ、さっきのってなに？　剣が光ったやつ」

多少は落ちついたところで、ジル姉に改めて先程の不思議の理由を尋ねてみた。

「リル姉も見たよね？」

「見た。すごかった」

「魔剣だ」

「まけん？」

私たちはジル姉の腰にあるそれを覗き込む。

普通の両刃剣のように見えたが、重要なのは、柄の部分に埋め込まれている美しい緑の石だという。

それは単なる装飾用の宝石ではなく、《魔石》という特別な力を持つものなんだとか。

つまりは、そこに魔法の力が込められており、先ほどの光はその効果なんだそうだ。

ここに来て、初めて異世界らしいものを見た。

やっぱあるんだ、魔法。

「普通の人がこんなもの持ってるの？」

「いや、基本的には兵士だけだ。魔石は天然の鉱石で貴重なものだから、国で管理されている。これは、兵士を辞める時に返すの忘れてそのまま持ってるやつだ」

バイト先の制服持って帰ってきちゃったみたいな？　ずさんな管理だなあ。

おかげで助かったけどね。

「ジル姉は魔法使いなの？」

「魔法使いでなくとも、魔石の力を使えるように加工してくれる職人がいるんだ」

「へえ…」

なんか、おもしろそうだなあ。

一体どういう理屈がある力なのだろう？

ちなみに私は、こういう不思議な力を元々の世界でもどちらかというと肯定派だった。

よくドラマで演じられている科学者が、オカルトな事象に対して「科学で証明できない＝あり得ない、存在しない」と主張しているが、おかしいと思うんだよな。

理論立てて証明できた不思議が科学になるのであって、科学的に証明できないことが即存在しないことの証明にはならない。

というか、存在せずの証明など誰にもできない。

真の科学者ならば、不思議なことをあり得ると信じて証明方法を考えるものだろう。

当初、ニュートンの唱えた万有引力はオカルト・フォースと呼ばれ、ガリレオだって地動説を否定させられた。

セオリーになる前はいつもオカルトだ。科学の世界は、信じて突き詰めることで広がっていくのだと思う。

もし、できるなら魔法の理論を聞いてみたい。

人が使っているのだから、この世界で魔法はオカルトではなく、セオリーになっているはずだ。とても興味惹かれる。

だがジル姉はあんまり詳しいことは知らないみたいだった。

たぶん、仕組みがわかってなくてもパソコンを使える現代人と同じなんだろう。

12

猛獣の死骸を担いだジル姉に、兵士たち、めっちゃびびってました。

「そ、それは……？」

「森に獣が出た」

びくびくしながら尋ねる若い兵士に、ジル姉はぶっきらぼうに答える。

すると身じろいだ拍子に、ジル姉の肩に乗っていた獣の首が、ぐらりと傾いた。

「ひっ⁉」

半分切られてるから……もろに断面を見てしまった二人の門番が顔を引きつらせるが、そんな様子にジル姉は構わず、状況をさっさと報告し始めた。

「私たちが見たのはこの一頭だけだが、他にいるかもわからない。襲われた者の死体を確認しているのでその弔いも願いたい。場所は──」

話している間、門番はどちらもジル姉をこそ、化け物を見るように見ていた。気持ちはわかる。

なお、報告を終えた後、ジル姉は死骸をお持ち帰りしました。

「今夜はごちそうだ」

普段クールな彼女がうきうきの笑顔になっていた。私たちも当然喜ぶと思ったみたいだ。

確かにすごい量のごちそうなんだけど、これ、人を喰った獣なんだよなあ。

いや、人を食べた獣を食べることが食人に含まれるかは微妙なところなのだが、少なくともいい気分はしない。

ジル姉はその辺り、きっぱり違うものと考えているみたいだけど。

確かに、物質は循環するものだから、ある人の体が、死んでから土に入って分解されて、作物に吸収されて私が食べるのと、一緒っちゃ一緒の話ではある。

持って帰って来てしまったものをその辺に捨てられないし、とりあえず……何かがまだ中に入っているかもしれない内臓をよければ大丈夫、かな？

家の裏手で、腹を仰向けにして開いてみると、むわあっと凄まじい匂いがした。もともとこっちの世界の肉類は臭いと思っていたが、野生でナマは段違いだ。

内臓を出して皮を剥《は》いで、骨を断ち肉片にしていく様子はグロいに尽きるが、ジル姉の手際がやけにいいので、ついまじまじと見てしまった。

「…捌《さば》くのうまいね？」

「こんなもん普通だ」

ジル姉はまったく手を止めずに言っていた。普通のレベルが高い。

匂いのきつい獣肉だが、ハーブを大量に挟んで焼いたらけっこういけた。やはり香辛料は肉食文化のためにある。

こうして、その日はそれ以上特に何もなかったのだが、次の日になると不思議な来客があった。

まだ店を開ける前、私たちが狭いテーブルで猛獣の肉を挟んだパンを食べている時だ（朝から重い）。

まずノックと、ジル姉を呼ぶ男の声がした。

「お前たちは食べてろ」

ジル姉が席を立ち、店のほうに消える。

私とリル姉は顔を見合わせ、当然気になるのでこっそり店先を覗いたら、中年くらいの白い男がカウンターの向こうでジル姉と話していた。

白いっていうのは服のこと。

それと髪。なかなか見ない、銀髪だった。

私がこの街で見てきた中では最上級に身なりがよく、なんだか上品な雰囲気だ。

あれ、絶対に貴族とかだ。

賭けてもいい。客にすらぶっきらぼうなジル姉が敬語を使っているし。

すると覗いていることを男のほうに気づかれた。狭い店だから仕方ないね。

お客は顎ヒゲを蓄えてるのが偉そうな感じだったが、目元がやわらかく、私たちを見つけて少年のように目をぱちぱち瞬かせていた。

「子供ができたのか⁉」

「違います」

やたらに驚く男をジル姉は冷静にあしらい、私たちを手招いた。怒られなくてよかった。

「リディルと、エメと申します。縁あって五年前から家族のように暮らしている姉妹です」

ジル姉が簡潔に私たちを紹介してくれたが、ちょっと訂正を入れたい。

「ようにっていうか、ジル姉は家族だよ！　ね、リル姉っ」

「うんっ、そうよねっ」

正直、もう給料ってかお小遣いをもらっている感覚だ。

私たちが自信満々に宣言すると、ジル姉は軽く目を瞠《みは》ってから、口の片端を吊り上げた。

そんな様子に男はひとしきり驚いた後で、緩《ゆる》んだ表情になる。

「可愛い妹たちだね。しばらく様子を見に来ていなかったんで心配していたんだが、楽しく暮らしていたようで安心したよ」

「はい、色々と助けられています。――二人とも、こちらはこの土地を治める領主で国の宰相でもあらせられるレナード・ヒンシュルウッド様だ。きちんとご挨拶しろ」


……ん？

「え⁉」

一拍遅れてリル姉が声を上げ、慌てて我が口を覆った。

領主、まではいい。封建制の土地で貴族と言ったら領主しかいない。

でもこの人が、宰相だって？

宰相って総理大臣のことだよね？　いくら自分の領地でも、そういう人がぶらっと下町に来るもの？

完全に反応に困ってしまった私たちに、宰相領主は穏やかに話しかけた。

「畏《かしこ》まる必要はないよ。今日の私は友人にお願いをしに来ただけの男さ。リディルに、エメと言ったかな？　君たちのお姉さんをわずかの間だけ貸してほしいんだ」

なんのことやら、そもそもなぜ宰相とジル姉が知り合いなのか、首を傾げる私たちに二人はざっくり説明してくれた。

「ジゼルが王宮に勤めていた頃、よく話し相手になってもらっていたんだよ」

のほほんと懐かしそうに話すレナードというこの宰相は、ジル姉の兵士時代のお知り合いだそうで。

一国の宰相に、いい話し相手だったと言われたジル姉は、とんでもないと否定する。

「いえ、私がたびたびお世話になっていたのです。辞めた後もこの土地を紹介してくださったり、店を出すのに援助をしていただいて、心より感謝しております。リディル、エメ、お前たちがここで生活できるのも、レナード様のおかげなんだぞ」

「え？　あ、えと、ありがとうございます！」

たぶんあんまりよくわかってないリル姉だったが、ジル姉に促されて慌てて頭を下げ、私もそれに続いておいた。

ジル姉にとっても私たちにとっても、恩人というわけだ。

「いや、大したことはしてないよ」

頭を下げる私たちをレナード宰相はやんわり抑えた。

そうしてやや身を屈め、私たちをその琥珀色の瞳で覗き込む。

「君たちまで私に恩義を感じる必要はないよ。助けたのはジゼルなのだからね。――君たちのような境遇の子供を、直接助けてあげられないことには、いつも無念を感じているよ」

詳しいことは話していないのに、彼はまるで私たちのことをすべてわかっているかのようだった。まあ、街の状況を知っていれば察しがつくことではあるんだろうけど。

姿勢を戻し、レナード宰相はジル姉を見やった。

「王都の仕事にようやく区切りがついて、こちらの様子を見に帰って来たら、猛獣が出たと聞いて驚いたよ。しかもジゼル、君が一人で仕留めたというんだから」

「相手は一頭でしたので」

いや一頭でもすごいけどね？　ジル姉は謙遜するところを間違っている。

レナード宰相もおそらく私と同じことを考え笑っていた。

「というわけだからね？　この強いお姉さんを、他にいるかもしれない猛獣退治のために貸してほしいのだよ。領地の安全を守るのは領主の義務なのでね」

「…そうですか。わかりました」

と言う以外に、私とリル姉が返す言葉はなかった。目の前で猛獣を瞬殺する場面を見せられては、心配する気もそうそう起きない。

ジル姉も恩人であり領主であり宰相である相手（本人はあくまで『友人として』と言っていたが）の頼みを断れるはずがない。どころか、むしろ、

「また仕留めたら、もらって来てやるからな」

そう言って私たちの頭をなで、いそいそと出かけて行ったジル姉は、人々の安全確保よりも、おかずが増えることを楽しみにしているようだった。

そしてこれは余談なのだが、去り際にレナード宰相が、

「君たち勉強は好き？」

と、なぜかいきなり訊いてきた。

好きか嫌いかで言われたら、大好きだとは答えておいた。なんなんだろうな、この人。

そしてなによりジル姉。一国の宰相と顔見知りって時点でヒラ兵士ではないね？

冗談みたいに強くてまだ若いのに、ほんとなんで辞めたんだろ？

…後ろ暗い理由があったりして。

いや、ま、それでもジル姉は家族だけどね！

「ジル姉は偉い人だったの？」

結局、他に猛獣は見つからず、かわりに薬草を採って帰って来てくれたジル姉に、夕飯時の開口一番、尋ねたのは私でなくリル姉だった。

昼間、店番をしながら二人で話していたから、訊かずにいられなくなったか。どのみち、リル姉が言わなかったら私が言っていたところだが。

「そんなことはない」

てきぱき食べ進める合間にジル姉が答えている。食べるのが早いのは兵士時代の癖なんだろうか。

「でも宰相様と友達なんでしょう？　すごいわ、ジル姉も貴族様なの？」

「貴族がこんなとこで薬屋をやっているわけないだろう。私は百姓の子供だった。運よく取り立てられて、一時王室の警護を担当していたからレナード様とも面識があっただけだ」

「王室の⁉」

つまりSP？　それ、超エリートじゃない？　よくわかんないけど大出世で間違いないよね？

「なんでやめちゃったの？」

ここまで聞いたら、これを尋ねずにはいられない。

「…職場の人間関係でもめてな」

おぅ、リアルな理由だ。

そう言う時だけジル姉の歯切れが悪かった。

「詳しくは訊かないでくれ」

「う、うん」

いきなりぐったりしてしまったジル姉を、追及する気は起きなかった。きっと話すのも疲れるくらい、面倒なことがあったんだろう。

「えっと、じゃあ、兵士を辞めてから薬屋になったのはなんで？　職種が全然違うけど」

「もともと農民の出で草木のことには多少詳しかったし、兵士だった頃から出先で怪我をしても手当てできるよう薬草を勉強してたんだよ。それで薬屋ならできると思ったんだ。もちろん、事前に知り合いの薬師に師事もしてな。それから店を出すにあたってレナード様が場所を紹介してくれたり金を貸してくれたりしたわけだ」

五年も一緒にいておきながら、この話は初めて聞いた。なんとなく今まで機会がなくて。

詳しく聞くと、どうやら私たちがお店に転がりこんで来たのは、店を開いて一年経った程度の頃のことだったようだ。そうするとジル姉が一人でやってた年数のほうがもう短いんだね。

今日は意外な来客に驚かされたが、おかげでジル姉の昔話を聞けた貴重な夜になった。

13

レナード宰相が店を訪れてしばらくの後、街が騒然となる出来事が起きた。

学校ができたのだ。

とはいえ大それた規模ではなく、教室が一つだけのささやかな学び舎《や》ができただけなのだが、街の子供が無償で通えるということに、皆が驚き噂していた。

学校と言えば貴族の子息が通うもので、これまで庶民向けの公立学校は皆無であったのだとか。

字を読めない大人が普通にいるんだものなあ。

少し注意が必要な薬について、簡単な説明書きを渡しても、読めないと突っ返されたことがある。苦肉の策で説明の四コマ漫画を描いて渡してやった。植物観察のスケッチで鍛えたから、絵はわりと得意なほうなんだ。

商売人などはさすがに伝票を書いたり帳簿を付けたりするため、文字をある程度は知っているようだが、例えば長文の本を読んだりできる人間はなかなかいないそうだ。

かくいう私とリル姉も。

身近にそもそも本がない。暇になったら読書、なんてことができないので、実験に走らざるを得ないんだ。うん、そういうことにしよう。

ジル姉によれば、レナード宰相は常々この国のそんな教育水準の低さを憂《うれ》いていたそうだ。

知識を一部の人間が独占することで格差が生まれ、下はいつまでも下のまま、上にいる者は悠々とあぐらをかいて努力を怠る。それでは国力が低下する、と。

しかし、なまじ下層の人間に知恵をつけられると王制国家の絶対的ヒエラルキーが脅かされると反対する人もいるそうな。

レナード宰相はその辺も含めて教育すればいいと主張し、まず試験的に、自腹で、自分の領地に学校を作ってみたんだって。この間、勉強が好きかと訊かれたのはこのためだったのね。

本が読めるのならば、ぜひにでも行ってみたかった。この世界のことをもっとよく知りたかった。

教育水準の低さは生活水準の低さ。レナード宰相の考えには賛成だ。

しかし、店のことがある。

残念ながら勉強は労働に含まれない。やっている最中はお金にならないという意味で遊んでいるのと同じこと。利益の損失がはなはだしい。

なので、いよいよ開校しても行くことができなかった。

ジル姉は行きたければ行っていいよと言ってくれたんだけどね。

でもやっぱりさ、さすがに山ほどある仕事を放り出す気にはならないわけで。元をただせば無理やり居ついて散々世話になってる分際で、ね。

学習欲求は日増しに強くなる一方だったが、なんとか責任感と理性で抑えていた。

ところがそんなある日、ジル姉に頼みごとをされた。

「学校に行ってくれ」

行って『いい』、ではなく、行って『くれ』である。

私もリル姉もきょとんだ。

「生徒がまったくいないんだそうだ」

開校から半年が過ぎた今、結果はレナード宰相の期待を大きく裏切っていた。

私たちのようにがっつり働いている子供はさることながら、そうじゃない子供も顔を見せたのは最初だけで、すぐに来なくなったらしい。

そもそも勉強する習慣がないんだろうな。

現状を知った王都にいるレナード宰相から、ジル姉への救援要請があったそうだ。

「店のほうは心配するな。学校に行っている間くらいはなんとかなる」

「でも…」

「エメは行ってきたら？　ずっと行きたそうにしてたじゃない」

「それはそうだけどさ…」

「私は店にいるから大丈夫よ。もともと特に行きたいと思ってなかったし」

リル姉、それレナード宰相が聞いたら泣くかもしれないよ。

「いや、リルも行ってくれ。なるべく多くよこしてほしいと言われてるんだ」

ジル姉としては、レナード宰相の頼みを断るわけにいかないんだろう。

結局、私たちは後ろ髪を引かれる思いでひとまず学校へ行くことになったのだった。

賑やかな中心街の片隅に、学校はひっそりと建っており、誰も座っていない椅子と机を臨む正面の教卓では教師らしき人がさめざめと泣いていた。

背の中ほどまで伸びている長い銀髪に隠れて顔は見えないが、肩幅などの体格からかろうじて男と判断できる。それでもけっこう華奢《きゃしゃ》なほうだ。

大きく開け放たれた両開きの扉の入り口でそれを見つけてしまい、私もリル姉も言葉なく立ち竦《すく》む。

なんか…すごく面倒な予感。

「あの、授業を受けに来たんですが」

リル姉が先に意を決し、男におずおずと近づいていった。私も後に続く。

そこでようやく私たちに気づき、教師は驚きの後にみるみる喜色を浮かべていった。

「ようこそ！　待っていましたよさあ早くお座りなさい！」

涙で張り付く長髪を払いのけた顔は、ジル姉よりも若そうで、中性的。

やや強引に私たちを教壇まん前の席に押し込めて、グレーの瞳に残った涙を、懐から取り出した白いハンカチで拭い去る。

「私はフェビアン・ウジェーヌ。皆さんに貴族と同じ教養を身に付けてもらうために王都からやって来ました。私のことはフェビアン先生と呼ぶのですよ。さ、次はあなた方の番です。名乗りなさい」

…言葉は丁寧だけど、ものっそ上からくる人だな！

まあ、この人も貴族なんだろうしな。

レナード宰相もそうだったが、貴族って髪や肌の色素が薄いみたい。白くてきれいだが、なんかお上品で鼻につく。微妙に発音やアクセントの違う話し方も。

「私はリディル、こっちは妹のエメです」

教壇と机の間に立ち、非常に近い距離から見下ろしてくる先生に若干気圧されつつ、リル姉が私のことも含めた自己紹介をした。

「二人とも字は読めますか？」

「簡単なものなら」

「よろしい。ではまずこの本を読んでみましょう」

するとフェビアン先生は分厚い本を一冊ずつ、どん、と私たちの前に置いた。

唖然とする生徒に構わず、彼は教壇に立って同じ表紙の本を開く。

「一ページ目から声に出して読んでください、リディル」

ちょ、待った早い早い。

いきなり教材が分厚過ぎる。簡単なのしか読めないって言ってるのに！

案の定、リル姉が困ってしまったのですかさず反抗の挙手。

「知らない単語や文法があります。まずはそういうのから教えてくれるんじゃないんですか？　あと」

私は、さっきからずっと気になっていたものを指した。

「先生が持ってるものはなんですか？」

「これですか？　これは鞭《むち》ですよ。間違えた生徒の手のひらを叩くものです」


やっぱり！


教鞭ってやつだろう。ご鞭撻《べんたつ》よろしくとは言うが、ほんとに持ってる教師は初めて見た。モンスターペアレントが見たら激怒して三段階変形するぞ。

「そんなことやってるから生徒がいなくなるんですよ！」

「ええ⁉」

確かに痛いのが嫌で必死に勉強するかもしれない。

でもそれは寄宿学校や家庭教師など、逃げ場のない状況での話じゃないの？　ここみたいに出入り自由な場所だったらまず逃げるって。

そもそも勉強意欲があまりなく、ほとんどが興味本位で覗きに来た子供ばかりだったろうに、わけわからんまま授業進められて、だから間違えるのに、鞭で叩かれたら二度と来たくなくなるわ！

フェビアン先生は愕然とし、よろめいて背後の黒板に手を突いた。

「そんな…生徒が集まらないのは私のせいだったと言うのですか？」

「他に原因がないでしょう」

この人自身は別に悪気があってやったのではないだろう。自分がそういうやり方で教わったから、ば。

同じようにしただけなんだ。

だが、決してどこでも通じるやり方ではないんだと、まず彼のほうにこそ勉強してもらわなければ。

『教える』というのは、もっとずっと難しい仕事なんだってことをさ。

「フェビアン先生、私たちの話を聞いてもらえますか？」

私が少しばかり厳しく責め立てた後で、リル姉が優しい口調で申し出た。

今にも膝から崩れ落ちそうだった先生が顔を上げる。

リル姉は、滔々《とうとう》と私たち姉妹のこれまでを話した。

なんの庇護もなく、常に何かに怯えながら、明日も無事に生きていられるかわからない不安を抱えていた、かつての生活のことを。

先生は泣くのをやめて、静かに耳を傾けていた。

「先生にその気がなくても、鞭を振り上げられたら、ああ私は嫌われてるんだって、あっち行けってことなんだって、思ってしまうんです。この街にいる多くの子供は私たちと同じだと思います」

リル姉は胸に手を当てて、少し悲しげな笑みを見せる。

腕を振り上げ、怒鳴りつけて追いかけてきた、怖い大人の顔を私も思い出した。

「私たちは、貴族様みたいに頭がよくないかもしれません。教えられたことをすぐには理解できないかもしれません。覚えられないかもしれません。でも――」

言葉を切り、リル姉は懇願するようにフェビアン先生を見上げた。

「一生懸命、先生の話を聞こうとする子のことは、どうか叩かないでもらえませんか？」

…リル姉ぇぇ！　なんと我が姉はいいことを言ってくれる！

そうだよ、そうなんだよ、間違うことは悪じゃないのだ。間違えるから学ぶんだもの。甘い顔をしろって話じゃなくて、必要なのは、そう、

「つまり愛なんですよ先生！」

叱るのも愛、褒めるのも愛、愛があれば相手を想ってわかりやすい指導もできるはず！

「愛…」

妙に興奮してしまった私のテンションにあてられたのか、先生まで熱に浮かされたような顔で、ぷるぷる肩を震わせ始めた。

「…そうでした、私は虐《しいた》げられている子供たちを救いたくてこの仕事を受けたのに、忘れていました」

さすがにこんな下町に来るだけあって、彼も彼なりの志を持っていたようだ。

ぐ、っと先生は拳を握り固めて叫んだ。

「作りましょう愛の学校を！」

うーんおかしな宗教施設みたいな響きだがその意気だ！

「まずもっと簡単な言い回しの本から用意してください！　あと例文を挙げて教えてくれるとなおいいです！　黒板も使え！」

熱血先生が燃えている隙に、色々と注文をつけておく。

勢い余って最後が命令口調になってしまったことは、後でリル姉にやんわり叱られた。

14

それからのフェビアン先生の熱意と努力は目覚ましいものだった。

教材はつらつら長いばかりの歴史書から子供がとっつきやすい物語集に変更、そこで使われる高度な文法を抜き出して、時に身近な例文に置き換えて説明したり、実際こちらにも作文させてみたりと工夫を凝らし、生徒の理解の具合を確認しつつのだいぶわかりやすい授業をしてくれるようになった。

ま、私とリル姉の努力の成果でもあるけどな！

さらっと説明を飛ばそうとするところを毎度毎度止めるのが大変だった。

生徒のわからないところがわからないという、致命的な欠陥を負っていた先生だったのだ。先生は優秀過ぎないほうがいいのかもね。

こうして、学校内部は改善されていったのだが、いかんせん生徒が増えない。

年が明けても、いまだ私たち姉妹二人だけ。

せっかく努力しているフェビアン先生があんまり可哀想なんで、すごくいい学校になったんだと店に来る客に宣伝してみるのだが、大人に言ってもいまいち反応が薄かった。

結局、勉強したって何にもならないと皆が思ってるんだよな。

確かに貴族になれるわけじゃないし、すぐさま役に立つ知識ばかりじゃない。

この世界のものより高度な教育を受けていたはずの私でさえ、その役立たなさを一度は嘆いたことがあるくらいだ。

しかし文字くらいは読めるに越したことはないと思うんだ。

実は生徒を集めるのに一番いい方法は、ぶっちゃけ給食を出すことなんだよね。知識欲より食欲ですよ、やっぱり。

だがそんな施設を作るスペースはどこにもない。おそらく資金もない。


そうこうするうちに新たな問題が発生。

「へーみんが貴族のマネしてんじゃねえよ！」

近所の悪ガキどもがやっかみに来やがりました。

気軽に入れるよう開けっ放しにしている入り口から石を投げ込んでくるのである。

何がしたいのかさっぱりだ。ここが領主の経営している学校だとわかってないのか。領主館に石投げ込んでるようなもんなんだぞ。

っていうかリル姉に当たるわぶっ殺すぞ！

所詮《しょせん》温室育ちの先生は泣いてしまい、この遊びが楽しいのか日増しに悪ガキが増えていってもはや授業どころではない。

机でバリケードを築いて対抗すると隙間から中に入り込み、教科書をびりびりに破いてくれた。

ぶっ殺してやる！

「知ってるぞ！　お前ら親に捨てられた子なんだろ⁉　いらない子が勉強なんか、なまいきなんだよ！」

「自分で稼いだことないゴクツブシにとやかく言われたくないわ！」

悪口の語彙ならば日々勉強している私のほうが上だ。

だからって何にもならないけどな！

ガキ大将風な奴がそこそこ裕福な商家の子供だったもんでなお腹立って腹立って、バリケードを出て叫んだところで、頭に石が当たった。

リル姉の悲鳴が耳に響く。

熱い痛みと、こめかみから顔の横を液体が伝っていく気持ち悪い感触があった。

くそ、勉強してるだけでなんでこんな目に。懸命に努力する者を虐げて世界は幸福になると言うのか？

義憤に燃え、止めるリル姉を振りきり大将の首を取ってやろうとしたが、敵はあっという間に残らず逃げてしまった。

警吏《けいり》担当の領主の兵が、ちょうど見回りに来たところだったのである。

「バカ！　なんて無茶するの⁉」

リル姉が自分のスカートの端を破き、私の頭に巻いてくれながら、泣いて怒っていた。

路上生活を脱してから、泣き顔はほとんど見なくなってたのになあ。

うーん…ちょっと、我を見失ってたかな。

だってリル姉も危なかったもんだから。いや、まあ、反省します。

「見張りを置きましょうか？」

荒らされた教室を一緒に片付けてくれながら、兵士の人が言ってくれたが、それはあまりいい提案ではない。

「四六時中兵がいたらますます人が来なくなってしまいます」

答えたのはフェビアン先生だ。彼もそろそろ庶民の感覚が掴めてきたらしい。

しかし現状のままでもだめなんだよな。どうしたもんか。

「あの先頭にいた子は確か、最初のほうに来てくれていた子なんですが…」

先生が指しているのはガキ大将のことらしい。

「とびきり元気な子だったのでよく覚えています。あっ、もしかしてあの時鞭で叩いてしまった恨みでこんなことを？」

先生の顔が青くなった。

なるほどね。

ひっぱたかれていじけて不登校になった奴が、平然と毎日通っている私たちをやっかんでるんだな。負けたような気がして悔しいのだろう。教育方針が変わったことを知らないから。

んー、でもそれって、まだ学校が気になってるってことだよね？

あいつ、本当は授業を受けたいんじゃ？

もしかしたら、そうかもしれない。ならきっかけを作ってやれば、案外、簡単に問題は片付くんじゃないだろうか。


店に戻ってから、私はさっそく準備を始めた。

「ジル姉、お酒ちょーだい」

「また実験か？　それより頭は大丈夫なのか」

「おかしくなったみたいな言い方やめてよ。大丈夫だよ」

血みどろで帰って来たので、ジル姉にも心配されてしまっていた。

「何をする気なの？」

不思議そうなリル姉に、にっと笑みを向ける。

「あいつらが素直になれる魔法を見せてあげるの。リル姉も手伝って」


昼頃、遊びにやって来た悪ガキどもを外で待ち構えていた。

私の前の地面に置いてあるのは、金属製のコップとお手製の紙コップ、それから火のついた蝋燭《ろうそく》だ。

当然、子供たちは不審がって足を止める。

「――さあお立ち会い！　これから魔法を使ってみせるよ！」

振り売りのように声を上げ、両手を広げて近くに来い来いと呼ぶ。

もちろん簡単には寄って来ないが、中には目の色を変えた子もいた。

「まほう?」

思わずといった様子で、後ろに隠れていた小さな子が私の言葉を反復した。この世界の子供にとっても、魔法は興味惹かれる魅力的な言葉のようだ。

「そう、火の魔法だよ!」

十数人いるうちの、半分以上が目を輝かせたところで、実験開始。

蒸留酒を染み込ませた布で金属のコップの内側を拭い、紙コップを逆さにしてかぶせる。

「行くよー、三、二、一!」

金属のコップの底に近い側面に、釘で開けておいた小さな穴へ、蝋燭の火を近づけた途端。


ぽんっ。


紙コップが一瞬で空高く飛び上がる。と同時に悲鳴に近い歓声が子供たちから上がった。

これ、結果知らないでいきなりやられると本当にビビるんだよなあ。

中学の理科でやったアルコールロケットの実験だ。

仕組みは単純で、揮発《きはつ》したアルコールが引火して金属のコップの中で小規模な爆発が起こり、紙コップを飛ばしただけ。本当のロケットを飛ばすのも原理としては同じだ。

「すっげーっ‼」

「ほんとに魔法⁉」

「もういっかいやって！」

「あ、こらお前ら！」

よし、喰いついた。

遠かった輪が一気に狭まる。うまく釣れたことはもとより、子供たちにウケたことが密かにけっこう嬉しかったりする。

「私がやってもいいけど、自分でやってみたくない？」

「できるの⁉」

「魔法使いじゃなくてもこの魔法は使えるよ。これが魔道書だ」

寄って来た子供らに、フェビアン先生に代筆してもらった実験手順書を配った。

無駄にナイスでグレートな文法を駆使して書かれたプロトコルを当然、彼らは読めない。

「勉強して字を覚えれば、この魔道書が読めてさっきの魔法が使えるようになる。今から授業が始まるんだけど、試しに聞いていかない？」

「いかない！」

心が傾きかけている子供たちの最後の砦となるのが、あのガキ大将。お前もさっきはしゃいでたくせに。

ちゃんと手は考えてある。

ここで、フェビアン先生の登場である。

「セオ、この前は叩いてごめんなさい」

フェビアン先生は、一度でも来てくれた生徒の名前を全員覚えていた。そして慄《おのの》いている子の前にしゃがみ、丁寧に謝罪を述べたのだ。

「セオたちにわかってもらえる授業ができるように、あれから私もたくさん勉強しました。もう間違えても叩いたりしないから、また授業を受けてもらえませんか？　今すぐには役立たないかもしれないけれど、知識はきっと、いつか君を助けてくれる力になるはずです」


大人に謝られるというのは、子供にとって天地がひっくり返るくらい驚愕の出来事だ。常に正しいのは大人であると思い込んでいるんだもの。

それがだんだん自分も大人に近づいてゆくにつれ、子供と大人の境なんてほんとは曖昧で、誰もが間違いながら生きていると悟るのだ。

「――さあ、授業を始めますよ。皆さん席についてください」

おもしろ科学実験は単なるきっかけ。

最後はフェビアン先生の優しさに惹かれて、子供たちは彼の生徒になった。

15

様々な努力と苦労の末に、学校にはようやく子供が集まるようになった。

中には商家の子供ばかりでなく、幼いみなしごもちらほら混ざっている。

フェビアン先生が路上にいる彼らに声をかけ、屋根のある場所で休みながら授業を聞いてみないかと誘ったようだ。

頼りなく思っていた先生が実はすごい人格者だったとわかった最近。

生徒が増えたことで授業も今まで一回だったのが、午前と午後にも二回ずつ行われるようになり、子供たちは自分の都合のいい時間に顔を見せる。

先生の指導も評判がよく、たまに大人まで覗きに来るようになった。

労働時間が増えるにつれて逆に先生の顔は生き生きとしてくるんだから、天職だったのだろう。

レナード宰相の人を見る目は確かなようだ。

教えられているのは主に国語。最初は物語集を使った文字と文法の勉強とともに、語られている道徳観念もついでに学ぶ。

そして私やリル姉のように大体のものが読めるようになってくると、教材が歴史書などの少し難しいものに移った。

文字や言葉という道具の使い方を覚えたら、次はそれらを使っていよいよ知識を身に付けていくのだ。

「――幾百年の昔から、現在のトラウィス王国北方の土地は、一つの民族が治めていたのです」

ややこ難しく、つまらなく思える歴史の話も、フェビアン先生はできる限り噛み砕き、物語を読み聞かせるように優しく教えている。

午前に仕事を片付けて、リル姉と一緒に授業に来た私は、長椅子にほか数人の子と並んで座り、話を聞いていた。

「それがトラウィスの民。私たちの王様の先祖です」

夏が近づき生温くなった風が、開け放した戸口から入ってくる。気持ちのいい午後だ。先生の銀色の髪先が、日差しを受けて光っていた。

「その当時、大陸では長く争いが続いていました。多くの国と民族が戦い、滅ぼされ、この地には命からがら逃げてきた人々が大勢いたのです。皆さんの髪や瞳が様々なのは、多くの民族の血が混ざっているためなのですよ」

話しながら、先生は私たち一人一人を手のひらで順に指していく。

私やリル姉の赤毛をはじめ、焦げ茶、黒、灰色など、瞳の色に関しても同じくらい種類がある。この狭い教室の中にいる子供たちだけを見ても実に多様だ。

「トラウィスの民は戦いに敗れた人々をすべて受け入れ、彼らをまとめて国を成し、戦乱を戦い抜いたのです」

そして結論。

「ゆえに王家は偉大で尊いのですよ」

美談だが、別の言い方もできると思った。

住処《すみか》を与えるかわりに、敗残した異民族たちの文化と言語を奪うことで、等しく隷従させ勢力を拡大していった、ということなんじゃないかな。

今の王家は、当時トラウィスの民を率いていた族長の血筋で、貴族たちもまた、他のトラウィスの民の血を引いているらしい。

じゃあ、その血筋以外は下級民みたいな扱いなのかなあと思ったが、配られた歴史書のほうを詳しく読んでみると、異民族の出身者でも戦争で活躍した者は貴族になっていた。

ただ、フェビアン先生の話では、そういった人々も後に高貴な血とやらを積極的に入れていったそうなので、やはり今の国を牛耳《ぎゅうじ》っているのはトラウィスの民、という解釈でよさそうだ。

血筋に対する崇拝思想を教えられても私の肌にはなじまないが、ジル姉からのざっくりした解説だけでなく、こうしてきちんと歴史を学べたことは悪くない。自分の生きている場所の成り立ちと仕組みは知っておくべき。


ところで私の専門である理系分野だが、そちらは足し引き掛け割り算くらいのもので、科学はフェビアン先生の守備範囲外だった。

暮らしている感覚ではこちらの物理・化学法則等々、元の世界と変わらないようなので、知っていることは改めて聞かずともいいが。特有なのは魔法くらいのものじゃないだろうか。

フェビアン先生は私たちの知識を豊かにするために、教科書以外にも棚に色んな本を並べてくれているものの、残念ながら魔法に関する書物はないいんだよなあ。

こうして、国語や歴史や道徳、礼儀作法といった授業まで様々行われるようになり、色んな子が顔を見せるようになると、小さな問題が発生した。

「～～お前、うるさいぞっ」

歴史の授業中、後ろの席に座っていた子の、しきりに体を掻《か》く音が気になって、セオがフェビアン先生の話を遮り怒鳴った。

近所のガキ大将はすっかり先生に懐き、まだ読めない歴史書に悪戦苦闘するくらいに真面目な生徒になったのだが、やんちゃで短気なところは変わっていなかった。

その、体を掻いている子は、先生が連れてきた路上生活をしている女の子で、授業を聞くよりただ休みに来ているだけの様子であり、セオに怒られても、ふてぶてしくあくびなどをしていた。

「うるさいよ」

眠たそうな彼女に、同じ言葉を返されたセオはますます怒る。

フェビアン先生が慌てて二人の間に仲裁に入った。

「セオもレニも、喧嘩をしないでください。ここでは仲良くと言ったでしょう?」

「だって、あいつがうるさいんです！　それに臭い！」

セオはここぞとばかりに訴える。

問題というのは、あまり体を洗えていない路上生活の子供たちが、商家の子供に邪険にされていることである。

家庭に浴槽を設置するのは贅沢の証であるため、普通の人だって毎日風呂に入る習慣はないが、かわりにジェル状の軟石鹸を使って行水をする。うちもそうだ。それである程度は清潔さを保てる。だから体臭がきつかったり、頭に虱《しらみ》が湧いていたりする子に、商家の子たちは引いてしまっていた。

出入り自由の教室でずっと同じ人どうしが一緒にいるわけではないので、深刻ないじめにまでは至っていないが、子供たちの間に壁ができているのは事実だった。

路上生活の経験もある私とリル姉は、ちょうど両者の中立の位置にいる。よって、仲裁を買って出ることが多い。

フェビアン先生がセオを諭している間に、私たちはレニという少女のほうに話しかけた。

「体痒《かゆ》いの？」

「うん」

どよんとしたセピア色の瞳が無気力に答える。年格好はセオや私の少し上くらいだが、まるで老人のような枯れた雰囲気が漂う。

肌が浅黒く、疲れも汚れも相当溜まっているようだ。

「あまり掻かないほうがいいわ、皮膚が剥けちゃうと大変だもの。体を洗いましょ？」

「洗うって？　石鹸使うならやだよ。あれ臭いんだもん」

リル姉の申し出にレニは顔をしかめていた。

石鹸の香りと言えばいい匂いに思われるが、この街で売っている石鹸はむしろ悪臭に近い。油粘土をもっと強烈にしたような匂いがするのだ。汚れは落ちるんだけどね。

ジル姉に教えてもらって最初に使った時、ジェルの感触と相まって、汚泥を体に塗りたくっているようで、気持ち悪いとは私も思った。

「レニも使ったことがあるの？」

普通の家では使っていても、貧乏な家では必ずしもそうではないので、意外に思ったのだが、レニは首を横に振る。

「ない。でも外で体洗ってる人がいて、嗅《か》いだことはある。あっちのほうが、あたしより臭いよ」

言いながら背中を掻こうとするので、リル姉がその手を止める。不潔な状態で傷でも作れば化膿しかねない。

体臭を正面から指摘するセオはどうかと思うが、レニたちを清潔にしたほうが、よくはあるんだろう。特に教室のような狭い場所に詰め込まれる時は感染症などが怖いし、さらにはこれが本格的ないじめに発展して、生徒が減ったりしたら先生がまた泣いてしまう。

学校に来るみなしごを集めて、一斉に体を洗わせようか。

「使ってる時はちょっと匂うけど、よく洗い流したら大丈夫よ？」

「やだっ」

ところがレニの抵抗が激しい。

それならば。

一つ、思いつくことがある。

「いい匂いの石鹸なら使う気になる？」

するとレニのどよんとした目が、少しだけ大きくなった。

「そんなのあるの？」

「作ればね。だから作ろう」

「なに？　また魔法か？」

話を半分聞いていたらしいセオが混ざってきた。フェビアン先生のお説教は終わったんだろうか。

その黒目が期待に輝いており、様子を窺っていた他の子たちも寄って来る。

「そう、今度は皆でやるよ。今から言う材料を協力して集めてきてね」

「わかった！」

聞くや否や、セオなど元気の余っている子たちは即座に教室を飛び出していく。

「まだ授業途中なんですが〜！」

フェビアン先生の悲痛な叫びがしてから、私も「あ」と思ったが遅かった。

ま、これも授業の一環ということで。

16

よく晴れた暖かい日に、特別開催された授業は科学実験。

テーマはずばり、『石鹸に香りを付けよう』だ。

商家の子もみなしごも合わせて、ざっと二十人以上が教室の前に集まっていた。

「エメ！　石鹸持ってきたぞ、どうすればいいんだ？」

各家庭から少しずつ拝借し、桶一杯分くらいになった軟石鹸をセオが見せてくる。

「全部鍋に入れて。ジル姉よろしく」

「ん」

石を組み即席で作った竈に、家から持って来た大鍋をジル姉が乗せる。今日は薬屋の定休日なので、ジル姉にも応援を要請した。竈《かまど》を組んだりするのに力仕事要員が欲しかったのだ。

「リル姉、お湯沸いた？」

もう一つの鍋で、すでに作業してくれているリル姉を見やる。

リル姉はちっちゃいのに周りを囲まれており、その子らが竈の中に小枝や草を放り込んで、爆《は》ぜる火の粉にきゃいきゃい騒いでいるのをやんわり叱っていた。

「こーら、あんまり近づいちゃだめ。――あ、沸いたわよエメ」

「じゃあこっちの鍋に移そう」

「私が運びますよ」

「フェビアン先生は無理しないでください」

「あう…」

手持ち無沙汰で突っ立っていた先生が手を出そうとするのを先に止めれば、がっくり肩を落とされた。だってあなた、少女並に華奢なんだもん。アツアツの鍋を持たすの怖いよ。だからジル姉を呼んだのだ。

「先生はこっちの竈に火をつけてもらえますか？　レニー、火のつけ方教えてあげて」

「いいけど…あたしがつけたほうが早いけどなあ」

ぶつぶつ言いながら、レニはフェビアン先生に火打ち石の使い方をレクチャーする。生徒が先生に教えるのも、たまには楽しいでしょ？

「みんなー、今度はこっちの竈に薪入れて」

「はーい！」

小さな子供らが走り来て、ぽいぽい可燃材を放り込む中に、どうにかこうにか火がついたら、石鹸の入った鍋にお湯を少しずつ注いでいく。

「まずは石鹸を溶かすんだ。匂いは我慢ね」

棒を鍋に突っ込み、よくかき混ぜる。ぐつぐつ煮えて例の嫌な匂いが広がり、子供たちが鼻をつまんで悲鳴を上げた。一番辛いのは鍋を混ぜている私だ！

確か、動物性の油脂から作られる石鹸は匂いがきついんだったかなあ。

前世で石鹸作りが趣味だった母に付き合わされて、私も少し勉強したことがある。

石鹸は油脂にアルカリ性の溶剤を入れることで作られるものだが、なんの油を使うかで性質も匂いも大きく変わる。

また、用いるアルカリ剤の種類や分量によって、さらには精製水ではないミネラル分の多い普通の水を使ってしまうと、石鹸はうまく固まらない。

たぶん、この街で売っている石鹸は植物灰を煮出して作ったアルカリ溶液を使っているのだと思う。アルカリって、アラビア語で《灰》という意味なんだよね。植物灰の溶液では軟石鹸しかできないのだ。

個人的な感覚として、軟石鹸より固形石鹸のほうが使いやすい。なので、今回は匂いを付けるとともに固形石鹸を作ってみようと思う。

「リル姉、蜜蝋を入れて」

難しい理屈はいらない。単純に蝋で固めてしまえばいいだけ。

「はい、これでいい？」

リル姉も鼻をつまみつつ、鍋に蜜蝋を放り込む。教室にあるのを拝借させてもらいました。

「ありがと。このままもうちょっと煮込むよ」

蝋が溶けて混ざり、いい感じになってきたら、火を止める。

軽く冷ました後、いよいよ主役を投入だ。

「ほら、こっちおいで。これからいい匂いになる魔法の薬を入れるよ」

遠巻きにしている子供らを呼び、店から持って来た瓶を見せる。

これは、私が様々な植物をエタノールや油に浸け込み実験するなかで、毒にも薬にもならなかったが、いい匂いがすることを発見できた手作りの香料である。

瓶のフタを開けると、強い柑橘系《かんきつけい》の匂いがする。どす黒い見た目に反して爽やかな香りだ。

「この前、皆に集めてもらったユワの実を二十日間、油に浸け込んだものだよ。これを入れて混ぜるだけで、いい匂いの石鹸ができる」

今の時期、街路に生える木々に成っている実を、子供ら皆に協力させて集めてもらったのだ。

「おれ入れたい！」

「いいよ」

わざわざ挙手したセオに瓶を渡して、私は鍋をかき混ぜるほうに専念する。乳白色の中に変に黒い色が混ざって見た目は若干、気味悪く、周囲からまた悲鳴が上がった。

しかし熱で揮発した香料が広がり、辺りが爽やかな香りに包まれると、遠巻きにしていた子供らも鍋を覗きに寄って来た。

「…おいしそー」

「舐《な》めたら苦いよ」

よだれを垂らす子に笑って注意し、引き続きよく混ぜる。

「――うん、いい感じ。あとは冷やして固めるだけだ」

子供たちを一列に並ばせて、それぞれのカップの中に柄杓《ひしゃく》で石鹸を掬《すく》って入れてやる。

ふーふー息で吹いてみたり、水路で冷やしてみたりして、固まったらナイフで切りこみを入れて取り出し、完成だ！

黒ずんでいてちょっとばかし色味は悪いが、油粘土の匂いは柑橘系の香りに隠れ、子供たちは鼻に石鹸を押し当て歓声を上げた。

「レニ、これなら大丈夫でしょ？」

「…うん」

おそるおそる石鹸の匂いを嗅ぎ、レニも頷く。

「では、今から皆でその石鹸使って体を洗おう！　清潔第一！」

というわけで木の棒と布でできた仕切りで囲いをいくつか作り、みなしごたちとついでに商家の子も皆で、行水することにした。

やっぱ仲良くなるには共同作業と裸の付き合いだよね！　これで壁もなくなればいいなあ。

私、リル姉、フェビアン先生は、小さい子たちを洗ってあげ、ジル姉には残った薪でお湯を沸かしてもらう。

「貴族の先生にそんなことさせていいのか？」

この時、ジル姉は心配そうにフェビアン先生を窺っていた。

実験の手伝いをさせたこともそうだが、平民の子を貴族に洗わせるのはさらに畏《おそ》れ多いことではある。だが、当の本人が「問題ありません」ときっぱり答えた。

「子供たちのためなら私はなんだってやりますよ！」

「…そうですか」

愛に溢れた熱血教師に、ジル姉は特に何も言えなかった。

貴族平民の前に、彼は《先生》だということだ。男女がいるので、フェビアン先生に手伝ってもらえたほうが助かる。

垢《あか》のこびり付いた肌を石鹸で擦ってあげると、きれいな肌が見えてきた。ほとんど泡立たないが洗浄力に問題はなし。もともと、石鹸の泡立ちと洗浄力には関連がない。

ただ、頭も同じ石鹸で洗ってしまうと油分が落ち過ぎてキシキシしてしまう。そこで、わずかに瓶に残っている香油を少しだけ付け、トリートメントのかわりにする。

髪が艶々し、全身からいい匂いがするようになり、女の子たちには非常に喜んでもらえた。

「…売れそうだね、これ」

体を洗い終え、さっぱりしたレニは私の横に座り、香油の瓶をじっと見つめている。

黒だと思っていた彼女の髪は、よく洗ってあげたらきれいな栗色だった。

「どこかで誰かがもう売ってるかもね。簡単な方法だから」

私は一旦タオルで手を拭き、ポケットから出した紙を彼女に渡した。

「魔道書、っていうかレシピあげるよ。いつか使えるかも」

皆の前ではやらなかった香料となる実の加工法まで、すべて事細かにメモしてあるものを眺めて、レニは顔をしかめる。

「読めないよ」

「勉強するしかないね」

「めんどくさいな」

そういえば、教室で見かける彼女は確かいつも寝ていたっけな。

「じゃあ、いらない？」

「もらったもんは絶対返さない」

紙を丸めて自分のポケットにしまう。

私は笑みを返し、子供たちの体を洗う作業に戻ったが、レニはしばらくそこにいて、

「…勉強すれば、金もうけできるのかあ」

やがて、ぼんやり呟く声が聞こえた。


それから後、学校に来る子供がまた少し増えたらしい。

境遇の違う子たちも少しは打ち解け、教室の雰囲気も悪くないものになっていき、ますますフェビアン先生が元気になっていった。


「――私はもうそろそろ行かなくていいかしら」

生徒が増え、学校の様子も安定したのを見届けたリル姉は、ある日の晩にそう漏らした。夕飯を終え、寝る支度をしている時である。

「お店のほうも忙しいし」

「そんな気にしなくていいんだぞ」

テーブルで帳簿付けをしていたジル姉がすかさず言う。

リル姉は布団を敷きながら、視線だけ軽くそちらへ向けた。

「必要なことは習えたと思うの。私だって本が読めるようになったし、高貴な人へのご挨拶の仕方だって覚えたわ」

急にリル姉は姿勢よく、片足を後ろへ引いて、前にあるほうの膝を曲げる。フェビアン先生に習った貴族の挨拶を向かいにいる私にしてみせた。

「ごきげんようエメお嬢様?」

「あら、ごきげんようリディルお嬢様。ご一緒にお茶などいかがですか?」

なんだか楽しげなので私も同じように返してみた。それを見てジル姉が笑う。

「明日にでも貴族になれそうだな」

「でしょ?」

リル姉もくすくす笑って、話を続けた。

「今まで覚えることに必死で、あんまり何も考えてこなかったんだけど…学校で色々勉強してみたら、やっぱり私は、もっと薬草の勉強がしたいかな、って、なんとなく思ったの」

「そなの?」

「うん。エメのおかげよ」

「私？」

リル姉は深く頷く。

「エメがたくさんおもしろいことを見せてくれたから、私も、もっともっと勉強してみたくなったのよ。なかでも一番知りたいと思ったのが、薬草のことだったの」

そう笑顔で言われたら、私がリル姉に言うことなんて何もなかった。

薬屋に住むことは私が勝手に決めて、リル姉はそのまま流されて、居させてもらうために勉強していたに近い状態だったが、今はリル姉自身がもっと詳しくなりたいと思うようになったんだ。

自分のことでリル姉が積極的になっているのは、思えば初めてな気がする。

それが、私にとっては何よりも嬉しかった。

「だからジル姉、よろしくお願いします」

改めて頭を下げられ、ジル姉は少し照れくさそうだった。

「わかったわかった。もっとも私が教えられることは、ほとんど教えてしまったんだがな」

「全部教えてくれなきゃだめよ」

「あ、じゃあ私の毒草メモをリル姉にあげるよ」

「やめなさい」

ジル姉には止められたものの、数年分に及ぶ自慢のデータなので、ごっそりそのまま渡してあげました。

リル姉はフェビアン先生にしっかり事情を話し、学校に行くのをやめた。というより、卒業したと言うべきなのかな、この場合。

それから間もなく、私のほうも大体知りたいことがわかってしまい、授業に出ても同じ内容をまた聞きすることが多くなってきたので、本を先生から借りて店番しながらの自主学習が主になった。

もうどんな難しい言い回しの本でも、さらっと読める。博物誌が今のところ一番のお気に入り。

そんなこんなで、勉強を始めてから気づけば一年弱が過ぎ、私は十二歳になっていた。

17

冬が終わりに近づき、そろそろ春の気配が感じられる頃。

その日、学校へ本を返しに行くとフェビアン先生が不在だった。

授業の合間を狙って来たわけではあるが、彼は休み時間も生徒の相手をしていたりするので、日中のうちに学校を離れているのは珍しいことだ。何か用事でもあったのだろうか。

先生はいなくとも生徒はいる。特に家のない子にとってはいい休憩所であり、冬場などは暖炉で温まることができたため、いつも誰かしらはいた。

そして私の顔を見ると、子供たちは一様に目を輝かせる。

「魔女だぁ！」

うん、あのさ、やっぱその呼び方おかしくないか？

「また魔法使って！」

アルコールロケットや石鹸作りの他にも、いくつか実験を見せてあげた結果、付いたあだ名が魔女である。

『魔法使い』より邪悪っぽい響き。教科書にしてる物語に登場した単語だから使い始めたのだろうが、若干悪意を感じるのは気のせいか？

まあ純粋な瞳に免じて許容してやろう。こちとら心は大人ですからね。ネタだって毎度ねだられるのでちゃんと仕込んできてある。

今日のは釘をやすりで削って（めちゃ大変だった）得た鉄粉を薬包紙に包み、両端をねじったものを棒の先に括《くく》りつけた、お手製花火だ。

外に出て、子供たちを近づき過ぎないようにさせながら、蝋燭の火で点火。

小さな火花がまず弾け、次の瞬間しゅわ、と一気に強い光を発す。

火薬は入っていないのでごく短い間で消えてしまうが、子供たちは大興奮だ。この調子で魔道書を今まで何枚作成させられたことか。喜んでくれるのは嬉しい限りだが。

「もっと魔法見せて！」

「だーめ。一日一回」

そんなに何個も仕込んでない。気軽に言ってくれるが、手に入らない材料が多くて、実験準備するのけっこう大変なんだぞ。

ぶーたれる子供らに魔道書を授けて追い払ったちょうどその時、声をかけられ、振り返ると白い人が二人。

フェビアン先生と、なんと理事長…じゃなくてレナード宰相がいるではないか。

「やあエメ。大きくなったねえ」

そういう宰相のほうは、あいかわらず朗らかで気安い。

しかし、二年前に一度だけ顔を合わせたくらいなのに名前まで覚えてくれていたのか。ちょっと意外。

今日は軌道に乗った学校の様子を見に来たのかな？

フェビアン先生は雇い主のお迎えに出ていたのだろう。

どうせなので、前にリル姉とふざけてやってみた、目上の相手への礼儀作法を実践する。

背筋を伸ばして顎と片足を引き、伏し目がちになって、前に出ているほうの膝をちょいと曲げる、だったかな。

「お久しぶりです領主様。再びお目にかかれて光栄です」

「おやおや。すっかり立派な淑女になったのだね」

お褒めいただいたところで猫かぶり終了。そこまで畏《かしこ》まっていなきゃならない場でもないだろう。

「ここでは魔法も教えているのかい？」

先程の実験をレナード宰相は見ていたらしい。

冗談めかした口調で訊いてきたので、こっちも笑みを浮かべて魔道書を渡してやった。

改めて説明しなくても、鉄を燃やせば火花を散らすことくらい、いい大人なら知っているだろう。

この世界には鉄を加工する技術があるわけだし。

「へぇ…これは君が考えたのか？　それとも本を読んで？」

「レナード様、エメの実験はすべてエメが自分の頭だけで思いついたことなのですよ」

いや、多少手を加えたところはあるが、決してオリジナルのアイディアではないよ。説明できないことが、前世の先人たちの名誉を横取りするようで申し訳ない。

私の想いなど露知らず、この後もフェビアン先生によるポジキャンは続いた。

「国内で出版されている本ならおそらくなんでもエメは読めますよ。最近は他国の言語まで自分で勉強し始めておりまして、もう私が教えることはございません。むしろこちらのほうが教師としてたくさんのことを教えてもらいました。生徒を集めるのにも知恵を貸してくれて、本当に賢い子なのです」

うーん、私は自分でもなかなか自尊心が高いほうだと思っているが、さすがにここまで手放しに褒められるとむず痒いな。

というか胡散臭《うさんくさ》いな。何か企んでないか？

レナード宰相が身を屈めてわざわざ目線を合わせてきたので、なんとなく嫌な予感がしたのだ。

「エメ、君に一つ提案があるんだ」

それに続いた言葉は予想外のものであり、うっかり本を蝋燭の火の上に落としてしまった。


学校で会ったレナード宰相が店に来て、まだ昼間だが一旦閉店し、奥のテーブルで宰相とジル姉が向かい合って座り、私とリル姉はジル姉の後ろに立っていた。

まるで家庭訪問のようなこれは進路についての三者ならぬ四者面談。どこへ向かうための進路相談かと言うと、学校である。

王都の、しかも、魔法の。

「今のエメには十分に合格できる力がある」

レナード宰相はさながらベテランの学年主任のようだ。

一国の宰相が、なぜたかが街の小娘を魔法学校へ勧誘するのか。


まず基本情報として、現在この国の魔法使い人口は五十余名程度で、すべて王都に暮らしている。

曖昧な言葉だが、魔法使いになるためには素質が必要であるらしく、努力すれば誰もがなれるわけではないそうだ。

国としては便利で強力な魔法使いを増やしたいのだが、いかんせん、なんだかよくわからない素質とやらを事前に測る術がない。

こう、魔力を一発測定！　みたいな機械で判別できればいいのだが、そもそもこの世界の魔法は魔石の持つ魔力を使うので、人間自体に特殊な力があるわけではない。

それでも研究者たちはどういう人が魔法使いになれるのかを知るために、過去から現在までの魔法使いたちの共通点を、外見の特徴や性別、年齢、出身地、血縁、行動、習慣と様々検討した。

そして捻《ひね》り出した答えが、《知性》だったそうだ。

……曖昧だよ！

おそらく特に共通点が見つからなかったのだろう。しかし一応これを参考に、知性をイコール勉強ができる奴とひとまず定義し、試験制度を設けた魔法学校ができたらしい。

で、ここにもレナード宰相が国民の教育水準を上げたい理由があった。

多くの人間に勉強させて知性を磨かせ、特に優秀な上層部を掬《すく》って魔法使いの教育をすればいいじゃん、という話だ。

これまでの魔法学校への入学者は勉強ができる環境にいる貴族ばかりだったが、平民の中からも選抜できるようになれば、もっと魔法使いを増やせる。

私が魔法学校に入学し、魔法使いになれれば、レナード宰相の国民総教育案の有用性を示すことに繋がるのだ。

こういうわけで、むしろ身分のない一介の小娘だからこそ、真剣に勧誘されるのである。

彼は、自分の学校から優秀な生徒が生まれるのを待っていた。

「魔法使いになれば無条件で王宮への就職が決まる。仮になれなかったとしても、勉強した魔法の知識を活かして王立研究所に勤める道があるよ」

つまり国家公務員。学校を出るだけでめくるめくエリート人生が待っている。

「決して悪い話ではないと思うんだ」

でしょうとも！　うまくいけば憧れの高給取り！　いかなくても前世での身分とほぼ変わりない！

ずうっと気になっていた魔法について勉強できる上、将来はリル姉たちに楽をさせてあげられる、こんなにいい話はないだろう。

こっちが床に頭擦りつけてお願いしたいくらい最高の進路だ。路上生活のみなしごから宮仕えになれるなんて、ハイパー立身出世じゃないか。

「私が口出しすることは何もありません。エメが己で選択することです」

説明を聞き終え、ジル姉が発したのはそれだけ。

雇い主というより、もはや保護者な彼女は、私の意見を尊重する姿勢だった。

「ではエメ、君の気持ちはどうなのかな？」

そんなの行きたいに決まってる。しかし。

「王都へ行ったら、もうここへは帰って来られないんですよね？」

私は幸運を前に、即答できないでいた。おそらくレナード宰相は私の言わんとすることを察し、神妙な表情で頷いた。

「そうだね」

「魔法の勉強はぜひしたいです。お金もたくさん欲しいです。でもその代償が家族と離れて暮らすことなのなら、私は、今すぐに行きたいとは正直、言えません」

自分でもこの気持ちに驚いている。

前世での私は、家族などいずればらばらになるものだと考えていた。だからこそ平気で家を離れて海外でもどこへでも飛び回っていたのだ。

今思えば、失うことを考えていなかったせいだろうとわかる。

不幸を経験して、きっと私は少し臆病になったのだ。

ここには私たちを絶対的に守ってくれるものの存在がない。

それは細かく言えば社会保障などを指し、大きく言えば人々の倫理感を指す。とかくここでは命や権利が軽んじられているように思えてならないのだ。

もちろん優しい人はたくさんいるけれども、同じくらい、怖い人がいることも知っているから。離れていることで、何かあった時に家族を助けられないのではないか、知らぬ間に、この世に一人ぼっちになっているのではないかと、不安なのだ。

自分が『どうしたいか』よりも、後悔しないために『どうすべき』なのかが、なかなか決められないでいた。

18

迷える子羊には神の救いを。苦しむ衆生には仏の慈悲を。

そして悩める妹には、姉のお言葉を。

「私も行けば、エメは王都に行く気になる？」

隣を見るとリル姉が微笑みすら浮かべていたのだ。不意に言われた私は面喰らってしまった。

「行く、って？　え、リル姉も魔法学校に入るの？」

「違うわ。私には難しい勉強なんてわからないもの。そうじゃなくて、王都で働きながらエメと暮らすってことよ」

「…ほんとに？」

この時の私はかなり間抜けな顔をしていたと思う。

まさか、そんなことは考えてもみなかったのだ。

「ほんとうよ」

リル姉はそっと、私の頭に手を置いた。

「不安な時怖い時、私たちはいつも一緒だったじゃない」

うん…そうだね、私たちは二人だったから、何があっても大丈夫だったんだよね。

なんだそうか、私はただ怖かっただけか。

リル姉たちのことでじゃなくて、一人で知らない場所に生きることが、だ。

だってリル姉が行くと言ってくれただけで、嘘みたいに不安が消えてくんだもの。こんな子供じゃなかったはずなんだけどなあ。

「でも、でもお店はどうするの？」

「うーん……あ、ねえジル姉、お店ごと皆で王都に移るっていうのはどう？」

なかなか大胆な案だ。ジル姉たちが苦笑している。

でもけっこういい考えだなと私はわりと本気で思った。

王都のほうが人は多いだろうし、うまく宣伝を打てば今より儲かるんじゃないだろうか。うちの薬は評判がいいからね。店を移すのにかかる費用はレナード宰相あたりに少し借りてさ。

「できたらいいが」

私のほうは頭の中で勝手に計画を練り始めていたのだが、ジル姉は考える余地もない様子ですぐに結論を言った。

「だめ？」

「悪いが、私は事情があって王都に行くことができない」

「…それって兵士時代のことで？」

「ああ」

「………」

マジで何があったんだよ。やっぱ後ろ暗い理由があるんだろこれ。

「リディルは薬を作れるのかい？」

話を逸らすようなタイミングで、レナード宰相が尋ねた。

完全に教えてくれる気がないとみた。

「例えば傷薬を調合したり、手当てなんかは？」

「そのくらいなら、いつもやっています」

「ちょうどよかった」

レナード宰相はなぜかにっこり笑顔でジル姉を見た。

「君の妹たちは本当に優秀だね。君は教育者にも向いているんじゃないかな」

「私は何もしていません。すべてこの子らが努力して得た成果です」

それから宰相は、きょとんとしているリル姉に向き直った。

「実は王宮の医療部が人手不足でね」

…王宮？　まさか。

「久しく戦《いくさ》はないが、厳しい訓練を受けている兵士たちがしょっちゅう担ぎ込まれる場所だ。ついこの間、そこで医師の補佐をしていた女性が一人、結婚を機に退職してしまってね。ちょうど後任を探していたところだったんだ。もしよければ取り次ぐけれど、どうかな？」

「わ、私が宮仕えできるんですか？」

リル姉、びっくりして言葉を詰まらせてしまっている。

なるほど、仕事は負傷兵の看護を担当するいわば軍医か。

患者はジル姉みたいなたくましい相手ばかりなんだろうな。そこが若干不安な気もするが、リル姉の能力が存分に活かせる場ではあると思う。

ところでどうでもいいが、一部署の人事をなんで宰相が知ってんだろ。これって普通なの？

「もちろん採用になるかどうかは医療部で決めることだが、ジゼルのもとで学んだ君なら大丈夫だろう」

「は、はい、ありがとうございます。で、でも」

「いい話だと思うぞ」

後押しするように、ジル姉が言葉を重ねた。

「王宮に勤める医師は私なんぞよりも知識が深い。薬草の勉強をするにしても、これ以上ない環境だろう」

「………」

黙ってしまうのは、リル姉も話に魅力を感じているためだろう。仕事しながら勉強もできて、私とも離れ離れにならなくて済むのだから。

だけど…

「――ねえ、本当にいいの？」

王都に行きたい。

行きたいが、私もリル姉も、自分のしたいことを優先するには、あまりにジル姉にお世話になり過ぎている。

「私たち、ジル姉にはほとんど恩返しできてないのに」

「お店もジル姉一人じゃ大変よね？」

「よけいな心配はするな」

不安やら寂しさやら申し訳なさやらで表情が曇る私たちとは反対に、ジル姉は明るい。

そうして急に立ち上がり、私たちをまとめて抱きしめ、大きな手で頭をわしゃわしゃしてくれた。

「恩だとか、そんなのはどうでもいい。お前たちは私の家族なんだろう？」

リル姉も私も咄嗟の言葉に詰まってしまうと、次にジル姉のけげんそうな声がした。

「違ったか？」

「っ、違わないよ！」

「違わない！」

慌てた私とリル姉の声がかぶった。

「なら迷うな。妹たちが立派になってくれたら私は嬉しいぞ」

深い、思いやりのこもった言葉が、静かに背中を押してくれる。

「店のことも何もお前たちは気にするな。私はもう十分助けられたし、毎日が楽しかった」

相変わらず、この人の過去は謎に満ちたままであるが、そんなことを言われて、抱きしめられたらもう、全部がどうでもよく思えた。

どんな事情があっても関係ない。この人はまぎれもなく、私たちの家族だ。

「…ジル姉」

「なんだ？」

「王都に行っちゃいけないのは一生の話？」

「…そうだな。エメが一人前になる頃には、行けるようになってるかもな」

なんだ、だったら意外と遠くない話ではないか。

「じゃあその日が来たら王都にお店を出そうよ。私とリル姉がそれまでにいっぱい稼いで資金貯めとくからさ。で、また三人で暮らすの」

こちらからも腕を回して抱きつく。

顔は見えないが、ジル姉の笑う声だけは聞こえた。

「楽しみにしてるよ」

――よし、がんばろう。

まずは試験に合格することだ。

愛すべき家族の未来のため、出世街道、乗ってやるぜ！

閑話――ジゼル視点――

日暮れに突然現れた小さな来客は、ひどく切羽詰まっていた。

それでもジゼルはまず疑った。この界隈は哀れな子供が多い。同情を買って中に入れてもらい盗みをする、悪知恵の働く者がごまんといる。

ボロをまとっているような子供らの格好もまた、そういう輩《やから》とそっくりだった。

「…カネは？」

「ある！」

自分より大きな姉を背負っている妹のほうが身を揺すると、確かに金の擦れる音がしたので、本当の客であるとわかって中へ入れた。

ジゼルは特段冷酷な人間ではなく、また守銭奴でもなかった。

熱を出している子供らに一つしかないベッドを明け渡すことも、金がまったく足りないことも、例のごとく男に間違われることも別に気にならなかった。

幼い姉妹を可哀想だと思う心もあった。

そのせいなのか、人を雇う余裕などなかったのだが、妹のほうのおかしな口車に乗せられて、薬代の分くらいは働いてもらおうかという気にうっかりなってしまった。

そうしたら、なかなかのくせ者姉妹だったのだ。

はじめ、ジゼルは比較的よく売れる薬に限定し、客に訊かれたら簡単に薬効を答えられる程度に軽く教育するくらいのつもりだったのだが、妹のエメが説明に対し多くの質問をふっかけてきたのが事の始まり。

原料の産地だとか環境だとか、使用する部位や加工法に調合法など、およそ接客の際には必要にならない、細かいところまで突っ込んできた上に、予定になかった薬のことまで熱心に訊かれるまま説明を重ねていたら、あげく文字まで教えることになってしまった。

もしかするとこれは純粋な好奇心であり、無自覚だったのかもしれないが、ジゼルは乗せられたような気がしてならない。

メモをもとに姉妹で一生懸命勉強し、薬のことをすぐに覚えてしまったため、まかせられる仕事が増えて単純に作業効率が上がった。

それだけでなく、ジゼルにはできない方法で自主的に客を捕まえて来てくれたために、売り上げが日を追うごとに上がっていき、常連まで付いて、気づけば、追い出す理由がなくなっていた。

すっかり『ジル姉』呼びに慣れてきた頃には、罠に嵌《は》まったのだとわかった。いつの間にか、リディルとエメを妹のように見ている自分がいたのだ。

こんな悪知恵を働かせたのは妹のエメだ。

子供のくせに頭が回り過ぎるきらいがあり、姉の分まで計算高くて小憎らしい。

一方でリディルのほうは素直で純粋で、どこか人の毒気を抜くような柔らかい雰囲気を発しており、嵌められたことについてもなんだか許したくなってしまう。

ただ、あまりにもぽやぽやしているのが見ていて不安になることはある。かなり苦労してきた身の上の割に不思議と能天気なのだ。

その点、エメはしっかりしているが、人一倍強い好奇心がたまに暴走するので注意だ。油断するとすぐに怪しげな実験を始めている。

しかし、何を言っても結局のところ、妹たちが可愛くて仕方がないのは事実。

はじめは、単なる気まぐれのようなものであった。

ともすれば独り身の退屈しのぎでしかないはずの出会いだったのが、ここまで深く情を移すことになろうとは予想外過ぎた。

自分は、見た目が一般的な女とかなり異なるものであるために、家族など到底持てぬものと思っていたのだ。まして、訳ありで王宮を追い出された身なのである。

人生とはつくづく不思議なものだ。

ジゼルはカップの中の酒に口を付けながら、明日の出発に備えて眠っている妹たちの、あどけない寝顔を眺め、ニヒルな笑みを浮かべた。

先のことなどわからないが、彼女たちの輝かしい人生の一瞬にでも関わることができたのならば、王に勲章をいただくよりも名誉なことだと、ジゼルは思った。

19

ホグワ…げふんげふん、もとい王立魔法学校の試験日に合わせて、私とリル姉は旅立つ。

王都までは、街と街の間を往復している馬車便を乗り継いで行く。本数が少ないので、各街での待機時間を含めると二十日ほどの道程だ。

レナード宰相の馬車に乗せてもらうという手もあったが、自力でなんとかできるところは世話にならないことにした。

出発の時にはジル姉やフェビアン先生と、実験を楽しみにしてくれた学校の子供らも数名が見送りに来た。

あとついでにロッシも。馬車便を出しているのが彼の家なのだ。

「い、いもうど、おまえ…っ」

「うわ、ご、ごめんってば」

私のせいでリル姉が王都行きを決めたと聞き、涙をぼろぼろ流しながら非難がましい目を向けてくるのがあんまり哀れで、うっかり謝ってしまった。本気で好きだったんだな。

「ロッシも立派になって王都に出て来なよ。その時は告白くらい許してあげるからさ」

別にいつも妨害してたわけじゃないんだけどね。

チャンスはごまんとあったはずなのに、本人の間が悪かったり、肝心なところでトチるから気持ちが伝わらないのだ。

今も何かリル姉に言ってるが、嗚咽《おえつ》混じり過ぎてさっぱりわからん。リル姉に笑われとる。修業を積んで出直しといで。

ロッシが軽くあしらわれている横で、私の周りにはちっこいのがたかっている。

「魔女はもう魔女なのに、なんで魔法学校に行くのー？」

中には不思議そうにしている純粋な子がいて、レニがその子の頭に手を乗せ眠たそうに説明してあげていた。

「だから、こいつは魔女じゃないんだってば。エセ魔女だよ」

「もっと胡散臭くしないでくれる？」

去り際にさらに変なあだ名が定着したら嫌だ。

しかし文句を言っても、レニは気にせずあくびしていた。

「だかふぁ……だから、本物になりに行くんでしょ？　あんたなら、なれるんじゃないの」

そう言って頭を掻くレニの髪は、一度洗ってあげたあの時から栗色のまま。

彼女もあれから勉強し、私の魔道書くらいは読めるようになったらしく、一度教室前に仲間を集めて石鹸作りをしている姿を見かけた。どうにか新しい売り物にできないか、あれこれ考えているようだ。

材料を検討したり採算を考えたり、色んなことが彼らにとってはいい勉強になるだろう。

そんなことを考えていると、急にレニの後ろから現れたセオが、その頭上を越して何かを投げてよこしてきた。

「そら、せんべつ！」

宙を舞う巾着袋をキャッチし、中を開くとラベンダーの香りが広がる。

固形にしてある乳白色の石鹸を取り出し、セオを見ると得意げな顔をしていた。

「どうだっ、変な色してないだろ？　持ってけよ」

「え、あ、くれるの？　うっわー、ありがとう。見てよリル姉」

「なになに？」

まだロッシの相手をしていたリル姉を振り返らせて、石鹸を見せてあげた。

これはマジで嬉しい。旅の間も使えるし、ちゃんと二人分あるところが親切だ。

「わざわざ作ってくれたの？」

「ううん。試作品のあまり」

そこは素直に頷いてくれればいいのに、レニが微妙に感動が薄れることを言い、セオが説明を付け足した。

「うちに出入りしてる行商から香水を多めにもらって、入れてみたんだ。したら、きれいな色のまでできたぞ」

「でも香水はバカ高いから儲けがさあ。あたしは、もっと安い材料で作って暴利をむさぼりたい」

「レニも難しい言葉を覚えたね…」

喜んでいいのか呆れていいのか。レニにしてもセオにしても、さすが商人の街の子供たちだ。金になりそうと思えばやる気がすごい。

「えーっと、だったらね、植物性の油を使って石鹸を一から作るのも手かもね。豆とか、何かの種や実から搾った油ならそもそも悪臭がしないと思う。香料の油をそのまま石鹸に加工してもいいね。ただし、ちょっと大変」

「へー？」

置き土産《みやげ》的に知識を渡しておく。餞別《せんべつ》のお礼だ。

「わかった。できたらやってみる」

「ぜひ」

「なあ、それよりもさ、魔法使いになったら本当の魔法見せてくれよな！」

セオが言うと他の子も期待に満ちた目を向けてきた。

まだ私に魔法使いの素質があるかどうかも、わからないんだけどね。しかも、なれたらなれたで、帰って来ることは容易でないのだが、そんなことは言いたくない。

「まかせてよ。きっと皆に楽しい魔法を見せてあげる」

時間はかかるかもしれないが、私は彼らともう二度と会えないとは思ってない。いつか、どんな形であれ、約束は果たせると信じてる。

「道中はくれぐれも気をつけてくださいね」

フェビアン先生は、グレーの瞳にうっすら涙を溜めて、私とリル姉に言う。

「本当に、君たちには感謝してもしきれません」

そして泣きながら、先生は微笑んだ。

「これから様々な困難があるでしょうが、君たちならば乗り越えられると私は自信を持って宣言しますよ。どうか元気で、立派に生きてください。君たちは私の自慢の生徒です」

だいぶ大袈裟に言ってくれたものだから、嬉しい半面、なんだかくすぐったかった。

「ありがとうございます。私たちも、フェビアン先生に習えて幸せでした」

最初にちょっと面倒くさい人だと思ったことを心の中でお詫びしとく。この人は繊細な心と強い信念を持ったとても素敵な先生だった。

「お世話になりました、先生」

腰を折って深々と頭を下げ、最後に、私たちは隣のジル姉を見上げた。

「気をつけてな」

ぽん、と頭に手が乗せられる。私もリル姉も短いその言葉に頷いた。

「王都に行くまでに、お店潰しちゃだめだよ？」

「わかってる。ちゃんと営業するさ」

冗談まじりに注意するとジル姉が笑い、リル姉もつられて笑った。

「そういう顔をしてたら、お客さんも逃げないと思うわ」

「努力する。——お前たちは、無事に王都まで辿《たど》り着くんだぞ」

「うん」

ジル姉とは前の晩に送別会みたいなのをやったおかげで、この場で改めて長く話すこともなかった。

また一緒に暮らすから。

その時に、会えなかった間の話をたくさんしよう。

今は、ただ力強く握手を交わす。再会を約束して。

「じゃ、行ってきまーす！」

幌《ほろ》付きの馬車の荷台に乗り込み、姿が見えなくなるまでジル姉たちに手を振り続けた。


西の門から街道に出ると、見渡す限りなんの障害物もない。

遥かな草原の地平を臨み、世界の広さを知る。

「風が気持ちいいわね」

「うん」

荷台の外へ軽く身を乗り出すと、リル姉の背中まで伸びた髪が、風に煽《あお》られて楽しげに踊っていた。

寂しさは消えないが、清々しい風と、どこまでも遮るもののない視界が、心を軽く自由にし、地平の向こうに期待を抱かせる。

いかにも、新たな人生始まるって感じだ。

気合が入ったところで、旅荷物の中からお手製ノートを取り出し勉強をする。試験は数学系の問題もあるが、歴史だの有名な詩や文章だのを覚えてなきゃならないみたいなんだよな。

百歩譲って歴史はまあいいとして、好きでもない詩をなんで暗記せにゃならんのか知らないが、やれと言うならやるしかない。

参考書は貴重なので、フェビアン先生に借りて写させてもらった。そのノートは粗悪な紙の束に穴を開けて紐を通しただけ。我ながら苦学生臭がすごくてハエが寄ってきそう。

ちなみに、馬車も格安の一番グレードの低い貨物車で、箱詰めされた荷物の隙間にねじ込まれている。

基本的にはこれで王都まで行くつもりだ。安全のために、途中の宿をできるだけいいところにしたい分、移動の快適さを我慢した。

一番いいやつは衝撃吸収のサスペンションがちゃんとしていて、座席が付いているらしい。出世したらそっちに乗ってやるから覚えてろ。

野心は人を勤勉にする。

長い道中、馬車の中でがたがた揺られながらも、努力は怠らない。文字通り、人生が懸かってるからね。

「あんまりがんばると、試験の前に疲れちゃうわよ」

根を詰めて必死になり過ぎても、リル姉のストップが入るので問題なし。そういう時は景色を眺めながら話して気分転換だ。二人でよかった。

住み慣れた場所を離れ、周りが知らない人たちばかりになっても、リル姉と助け合えばなんとかやっていけるだろう。生まれた時から変わってない、それが私たちの生き方だ。

だからジル姉、心配しないで待っててね。

そう、旅の空を見上げて呟いた。

旅の醍醐味は人との出会いだとよく言われる。

その土地に縁のない旅人は誰もが心細さを抱えているために、人との繋がりがより大事に思えるんだろう。

「――天空神のお恵みに乾杯！」

それにしても、この人らは何回乾杯すれば気が済むんだろうな。

丸テーブルをいくつも詰め込んだ宿の食堂の片隅で、私とリル姉が夕食をとっている間、意気投合した旅人たちは会話が盛り上がるたびに、いちいちこの国の祭神の名を唱えて樽型ジョッキを掲げていた。

出発から五日目、私たちはレナード宰相が治めるヒンシュルウッド領の北方に入り、王都への旅を順調に進めている。

今日は街道沿いに立つ宿で一泊。

道中は旅人のための宿や茶屋などの休憩施設が整っていて、たとえ街に辿り着かなくても野宿しなくていいようになっているのだ。さすが商業の国。

私たちの生まれた場所以外にも、草原の大地には城壁に囲まれた都市が立っていて、明日、またここまで運んでくれた馬車便に乗って行けば、次の街に着く。

今夜の宿は、行商の団体も受け入れできる、二階建てのとても大きなものだった。全体的に薄汚れているため高級感はないにせよ、食堂に加えてちゃんと男女が分かれた洗い場もあるのがいい。

小さい宿だと一緒になってたりするんだ、これが。

馬車便の都合で早めに宿に入った私とリル姉は混雑する前にお湯をもらい、それから夕飯を食べに食堂へ行ったのだが、どうやら今夜は宿に泊まる客が多いらしい。

日が暮れたその頃にはもう、騒ぎが始まっていたのだ。

先に夕飯を済ませるべきだったかもしれない、と思ったのは酒臭い息を吐く人たちと相席になってしまった時である。

「若い子と飲む酒はうまいよねえ！」

丸い小さなテーブルで、私の隣に座る青年が、親父臭いことを言ってジョッキをあおる。

そしてついでとばかりに、小さめのギターみたいな弦楽器をぼろろんと鳴らし、何かの歌を口ずさんだ。

「あなたもどーお？」

リル姉のことは妙齢のお姉さんがジョッキを押しつけ困らせている。地味な灰色の外套《がいとう》を羽織る女性だが、その下は大きく胸のあいた露出度高めの大胆な服装をしているのが、隙間から見えた。

酔っ払い二人組の他にも、近くのテーブルからは酒の匂いがぷんぷんだ。私たちが相席になってしまったのは、テンション高めな旅芸人の団体だった。

広い食堂のおよそ半分の席が、彼らによって埋められていて、先程から他の客を巻き込み乾杯の音頭を取りまくっているのも、同じ団体のメンバーだ。

「あ、あの、私たちにはお構いなく…」

勧められた酒を遠慮がちにリル姉は断るが、すっかりできあがっている酔っ払いには通じない。

気分よく飲んでいるところを邪険にもできず、とりあえず自己紹介して話に付き合っているのだが、けっこう面倒くさい。もうほとんど食事は終わっているのに、なかなか放してもらえない。

「姉妹二人だけで旅なんてぇ、大変だろう？　ウチに入りーよ！」

微妙におかしなイントネーションで、頭の禿《は》げあがった初老のおじさんが、私たちの正面に座ってさっきからしきりに勧誘してくる。彼はこの芸人団体の長で、ラジさんと名乗った。

王都に行くと言った私たちの話を聞いていなかったらしい。もしくは飲んでる間に忘れたか。

「あんたら姉妹ならぁいけーる！　間違いないっ、きれいなかっこして、立ってるだけで客が寄って来んだろうさ。《赤き可憐なる美人姉妹》って売り文句どうだい？」

「私に訊かれても」

「だーいじょうぶ、妹ちゃんも別嬪《べっぴん》さんだよぉ！」

ばしばし肩を叩かれ、痛かったので身を引いて避けた。にしても、可憐なる美人って重複してないか。いや芸人にはならんけども。

「確かに男が喜びそうな、きれいな赤毛よねぇ」

「ひゃ!?」

色っぽい声に続いて、リル姉が悲鳴を上げた。洗っておろしたままの髪を、隣のお姉さんにいきなり触られびっくりしたようだ。

確かカミラさんだったかな。彼女の長い髪も赤みがかっている。歌い手をしているらしく、よく通る少し低めの声で笑い、「かーわいいっ」とリル姉の鼻をつっついていた。

「その純っぽい感じ、絶対ウケるわあ。ねえ団長、この子らと私でトリオにしましょうよー？　妖艶さと可憐さ、対比になってよくなーい？　少女から大人の女への成長図ー、みたいにもなってるしぃ？」

「そりゃおもしろい！」

「あ、あの…」

「だから、私たちは芸人にはなりませんって」

そろそろはっきりした態度を示しておかないと、本当に組み込まれかねない気がしたので、リル姉にかわり私が言ってやる。

「でも、魔法使いになるなんて冗談だろー？」

隣のお兄さん、ベインさんがいちいち楽器を鳴らしながら喋るのが、ちょっとうざい。

「本当ですよ。ただいま一生懸命勉強しているところです」

手に持ったノートの束を掲げてみせる。少々行儀は悪いが、時間が惜しいので食べながら覚えられることは覚えようと思って持参していた。

魔法学校の受験のことも、王宮に仕えるつもりであることも、訊かれたので素直に話したのだが、なぜかいまいち信じてもらえてない。

魔法学校は身分を問わず試験に受かりさえすれば入れるし、王宮に出入りするのは貴族ばかりじゃないんだぞともう一度説明しても、旅芸人たちは相変わらず、ぴんとこない顔をしている。

「ガッコかあ。俺らには縁遠い話だなあ」

ベインさんはノートをぱらぱらめくり、カミラさんに「あんた読めるの？」と訊かれて首を横に振っていた。

「頭いいんだねえ、嬢ちゃんら」

どうやら感心されているが、字が読めるくらいでそんな偉そうにできるものでもない。

「難しいことは何も書いてないですよ。それはただの詩です」

「詩？」

するとベインさんの目の色が変わった、気がした。

「試験のために覚えなければいけなくて」

「詩を？　いいね、おもしろいね！　詠《うた》ってみてくれよ！」

ぼろろん、と楽器を鳴らして囃《はや》される。

芸のない私には、詩を素敵に吟じるなんてことできないので、普通に文面を読み上げたら、最初の一節で「それ知ってる！」とベインさんが叫んだ。

「なんだ、有名なやつじゃないかぁ。コルートの《月への恋歌》だろぉ？」

そうして、ベインさんは再び楽器を鳴らし、今度は自分で歌い始めた。

やわらかく穏やかな音色に合わせ、カミラさんもハミングを入れる。

騒がしかった食堂内が急に静まって、皆が彼らの歌に耳を澄ませた。

昔の偉大な詩人が作ったらしい、抽象的で遠回しな恋の詩に、あまり私は関心を持てていなかったのだが、っていうかなんでこんなの試験にされるの？　と思っていたのだが、こうして旋律に乗せられたものを聞いてみると、音としての言葉の美しさに気づかされた。

率直に、いい歌だ。滑らかな曲調で、つい口ずさみたくなる。

おお、これですんなり詩を覚えられるかも！

そのうち他の旅芸人の皆さんも歌い出し、私もリル姉と一緒にノートを見ながら合わせて歌ってみた。こんな勉強法も楽しいな。

やがて一曲歌い終え、まるで舞台に立つ役者のように、うやうやしく観衆へ向けて頭を下げたベインさんたちのもとには賞賛が飛んでいた。

「ありがとうございます。おかげで詩を覚えられそうです」

椅子に座り直したベインさんにお礼を述べると、酒と賞賛にすっかり酔った青年はぷらぷらと手を振った。

「礼なんていらないさあ。今夜お姉ちゃんを貸してくれたらそれで」

「なるほど。お礼はその楽器をぶっ壊せばいいわけですか」

「うそうそ、うそです！　ごめんなさい！」

立ち上がった私に慌て、彼は楽器を抱きしめる。調子には乗らせないぞ。

「エメ、冗談にいちいち反応しないの」

リル姉にはたしなめられたが、この人たぶん、あわよくばと思ってるからね？

「あっは、妹ちゃんは気ぃ強いなあ！　こっちもいい女になりそうだなあ。いいなあ、欲しいなあ」

ラジ団長は私たちのやり取りを見て怪しいことを言っている。ややマジっぽい目をしている気がしないでもないが、あくまで酒の席の冗談ということで、流しておこう。

私は腰を下ろして会話に戻った。

「さっきの素敵な曲はベインさんが作ったものですか？」

「そう！　――と言いたいところだが、俺の師匠に教えてもらったもんなのさあ。へへ、師匠はさあ、昔、とある貴族様にお仕えしてた楽師でさ、色んな歌を知ってたんだあ」

「へえ…じゃあ、もしかして、他にも曲が付いてる詩をご存知だったりします？」

実は、試験のために覚えなければならない詩がもういくつかある。普通にやって覚えられないわけじゃないが、興味がないことを頭に入れるのはそれなりに大変なんだ。しかも、やたらに長いのばっかだし。

覚えたい詩の名前を挙げてみると、ベインさんはどれもこれも知っていた。全部、教養人の間では有名な詩で、貴族お抱えの楽師だったら歌えるものだそうだ。

「へへー、聞きたい？　聞きたいに決まってるよな！」

「タダで披露してやるなよ」

楽器を鳴らそうとしたベインさんの腕を、隣のテーブルに座っていた仲間が引っ張った。青みがかった黒髪の、体も目も細い男の人だ。

椅子ごと彼もこっちのテーブルに来て、にんまりと意味ありげな笑みを私たちに向ける。

「ベインの鼻歌を聞く前に、俺と遊ぼうぜ？」

サリムと名乗るその人は、片手で扇のようにカードを広げた。

……いや、勉強したいんですけど。


投剣の芸人、サリムさんが誘ってきたのは、旅人の間でよく行われているカードゲームだ。

ここに来るまでにも、宿の食堂や馬車の中などで誰かがやっているのを何度も見かけたことがある。単なる暇潰しというだけでなく、大概がお金や食料を賭けていたので、私たちは手を出したことがない。

「ルールを知りません」

「教えてやるからひと勝負しようぜ」

断ろうとしても喰い下がってくる。仕方ないなあ。

「何も賭けないのならいいですよ」

「そりゃだめだ。つまらない」

「じゃあできません。私たち、お金持ってないんです。王都で稼ぐ予定なんで」

「賭けるのは金じゃなくていいさ。君らが勝ったらベインたちがなんでも歌ってやる。俺が勝ったら、明日の仕事を手伝ってもらう、ってことでどうだ？」

「名案だ！」

答えたのはなぜかラジ団長だ。まさか、この流れで引き込む気なのか？　酔っ払いの冗談きつい
わ。

するとサリムさんがいつの間にか、メスのような細い投剣を持っていて、鞘に収まったその切っ
先を私へ向けてきた。

「俺、君を的にしたいんだあ。この小さな頭に果物でも乗せてぶっ刺したらさ、絶対ウケるぜ！」

まさかの狙いは私だった！　子供に向かって大人が凶器放ってる光景なんて普通に引くわ！

ウィリアム・テルは倫理的にアウトだろ！

「じゃあこっちのお姉ちゃんのほうはー、私の歌で踊ってもらおうかしらー？」

「え⁉」

一方、リル姉はカミラさんに抱きつかれて、あたふたしていた。

「わ、私、踊れませんよ⁉」

「だーいじょーぶ。若い子がひらひらした服着てるだけで、男は喜ぶんだから」

芸人たちはウケればなんでもいいらしい。

さて、どうしようかな。

お金を賭けるよりかえって面倒な交換条件だが、試験のために歌を覚えたいし、それに実は少し、
遊んでみたいと思ってなくもなかったり。この世界って娯楽少ないんだもん。

「――先にルールを教えてもらえますか？　やるかやらないかは、それから決めます」

私も旅人であるからには、一期一会の交流をぜひ楽しみたい。とはいえ投剣の的になるのは嫌なので、遊ぶにしても慎重に、だ。

21

「――大まかに分けてカードの種類は二つ。《王》、《魔法使い》、《戦士》、《羊飼い》、《罪人》の《大役札》と、そのそれぞれに対応する《冠》、《魔石》、《剣》、《羊》、《鎖》の《小役札》だ」

夕食の皿を片付けたテーブルの上にカードを並べ、サリムさんが説明する。

紙を何枚も貼り合わせて丈夫にしてあるカードの、裏はすべて濃紺のインクで、ペルシャ絨毯みたいな複雑な模様が描かれている。

表に返すと、《王》の札ならば玉座に腰かけている立派な髭のおじいさんの絵がある。

サリムさんは同じ《王》の札を三枚、並べて見せてくれた。三枚とも絵柄は同じで、しかし四隅にある小さな円を染める色が青、白、黄色で異なっている。

「手札は五枚。それを順番に交換しながら、より強い役を作ってあがれば勝ちだ。例えばこの《青の王》を持ってたら、同じ色の《青の冠》を持っていれば、《王の役》ができる」

王冠の絵の、四隅の円が青いカードをサリムさんは《青の王》の隣に置く。《冠》のカードは同じ色が全部で三枚ずつあった。

「役になるのは同じ色どうしだけだ。ちなみに役のランクは小役札の枚数が減るごとに下がるぜ。《冠》二枚の《王の役》よりは、《羊》三枚の《羊飼いの役》のほうが強いんだ」

つまり、小役札の枚数が多いほうが強く、それが同じ枚数の場合は、大役札の階級が高いほうが強いというわけだ。ちなみに、戦士より魔法使いのほうが上らしい。

ただし、その階級には注意点があった。

「《王の役》を作った場合、手札に《罪人》を入れてたらだめだ。その時は役として認められない。あと、《王の役》は《罪人の役》にゃあ負ける」

《罪人》は、《王》に仇なす者。ゆえに罪人。他の役には負けても《王の役》にだけは勝つ。

とはいえ《罪人の役》は一か八かのリスクの高い役であり、しかも、他の役ができた時に《罪人》のカードを持っていると、役のランクが一つ下がってしまうので、普通はすぐに捨てられるそうだ。

さらに《罪人の役》を作ろうと思いにくい一つの要因となっているのが、このゲームにおける最強が《王の役》じゃないってこと。

最強は《罪人》以外の大役札四枚を同じ色でそろえ、かつ同じ色の《冠》のカードを持つ《国家の役》。

国の基礎たる平民の羊飼い、国の守り手たる魔法使いと戦士がいて、国を統《す》べる王が冠を戴《いただ》き、罪人が一人もいない理想の国家を表しているみたい。この役は《罪人の役》の影響を受けないので、もし作れたら怖いものなしだ。

カードは大役札五種類が青、白、黄で三枚ずつあり、小役札も三色で、かつ各色ごとに三枚ずつあるので、全部合計して六十枚だ。トランプより多い。

手札は五枚で、場にも五枚のカードが表にして出され、残りは山札として置かれる。プレイヤーは不要なカードを場に表にして出していき、山札か場札から交換する。

場に出ている札が十枚に達したら、一旦場札を集めて切って、五枚だけまた表にして出し、残りは山札の下にいく。

手札は最高十回まで換えられ、途中でいい役ができればパスしてよく、全員が交換を終えたら、今回のようにチップを賭けない場合は、ただカードを見せ合い、一番強い役の人が勝ちとなる。

「おもしろそうだろ？　やってみたいだろ？」

「…そうですねー」

カードを何枚か広げて持ち、じっくり眺め、悩む。

「ちなみに引き分けの場合はどうなりますか？」

「勝負がつくまでやり直しだ」

「私たち明日は早いんですよ。やるとしても一回だけがいいです」

「いいぜ。負ければゆっくり寝てられるぞ」

キシシ、と歯の隙間から変な笑い声を漏らすサリムさん。

負けたら近くの村で公演をするという彼らを手伝うはめになり、旅程が遅れる。まあ、ここまで順調に来ていて余裕があるので、大丈夫だとは思うが。

それに明日になったら酔いが醒め、素人に手伝わせるなんて無茶だと思ってくれるかもしれない。でなきゃ最悪、とんずらも可能だ。どうせこの人ら、早朝には酔い潰れてるだろ。

「リル姉、やってみていい？」

確認を取ると、リル姉はこの上なく不安そうな顔になっていた。

「大丈夫なの？」

「うん。あのね……」

リル姉を引っ張り、テーブルの下で作戦を耳打ちする。

「え、わ、私もやるの？」

「二人でやったほうが勝つ確率が高いの」

「でも私、あんまりルールがわかってないんだけど……」

「私の言う通りにしてくれたらいいよ。まあ、リル姉がどうしても嫌だったらやめるけど」

「……勝つ自信はあるのね？」

「かなり運が悪くなければいけるよ。むしろ、普通にやったほうが勝てないと思うんだよね」

「…わかった、やりましょ。エメの勉強のためだものっ」

拳を固めて、リル姉は気合を入れていた。ありがたい。

では、そういうことで、彼らにひと泡吹かせてみよう。

「作戦は決まったか？」

顔を上げた私たちにサリムさんが尋ねる。

「ええ。二対二でやりましょう？」

「へえ？」

「私たちは慣れていないので、一緒に考えながらやりたいんです。勝負は二人が作った役の合計得点で決めませんか？」

変則的なルールだが、お金も賭けておらず、特に緊張した場面でもないので、相手方には快く受け入れてもらえ、私&リル姉対、サリムさん&ラジ団長の構図で勝負をすることになった。


このゲームは始まりがちょっと変わっている。

ポーカーなどは親と呼ばれる人が皆に手札を配るが、ここでは裏返しにしてテーブルの上に散らばしたカードの中から、プレイヤーが同時に五枚の手札を自分で選び取る。最初の手札が悪くても、己以外を恨まないように、ってことなのかもしれない。

慣れた手つきでカードを取っていくサリムさんたちにならい、私もまとめて十枚選んだ。

そしてリル姉と五枚ずつに分け、カードをしっかり手で覆い隠しながら中身を確認する。隣にいたカミラさんやベインさんには一旦離れてもらった。

「そこまで隠さなくても見えないって～」

あからさまに警戒していることをサリムさんには笑われたが、用心用心。

交換順はリル姉、サリムさん、私、ラジ団長だ。二対二なので交互で、かつ、お先にどうぞと譲られた。

五枚の場札と山札が設置され、準備完了したところで、私はリル姉に指示を耳打ちする。

「《黄の鎖》を捨てて」

リル姉は私が言った通りにカードを出し、山札から一枚取った。それで来たのは《白の戦士》。交換は一枚ずつだ。

次のサリムさんは場札から《青の羊飼い》を取り、《白の鎖》を捨てた。私は《青の剣》を出し、場札から《黄の魔法使い》を取る。

続くラジ団長は《青の魔石》を場に出し、山札から取っていった。

これで一周。まだ誰も役ができたとは言わない。

勝負は一回だけの約束なので、十回の交換までに役ができなければ引き分けで終了のつもりだ。

ま、そうはならないだろうけどね。

非常に神経を使うものの、絵面はひたすらに地味で静かなゲームは、八回目の交換で終了した。

無事、全員が役を作れたのである。

「さぁて？　じゃあ見てみるとすっか。そちらさんから、どうぞ？」

サリムさんがにやにや笑いながら促す。まるで勝利を確信しているよう。

「いいですよ」

しかし怯えることなく、私たちはテーブルの上にカードを広げた。

瞬間、見物していた周囲がどよめく。それもそのはず。

リル姉のそろえたカードは、《白の王》、《白の魔法使い》、《白の戦士》、《白の羊飼い》、《白の冠》で、《国家の役》。

初めてでいきなり、最強の役を作ってしまったのである。

そして私は――

「嘘だろ⁉」

サリムさんが動揺して叫ぶ。

私のカードは《青の罪人》、《青の鎖》三枚と、《黄の魔法使い》。《王の役》にしか勝てない、リスキーな《罪人の役》だった。

「そちらはどうなんですか？」

「っ……」

サリムさんもラジ団長も、肩を落として手札をテーブルに置いた。

サリムさんのカードは《青の王》、《青の魔法使い》、《青の戦士》、《青の羊飼い》、《青の冠》。

リル姉と同じ《国家の役》なので、得点は相殺。

勝負が決まるラジ団長の手札は、《黄の王》、《黄の冠》三枚と、《黄の魔石》で、《王の役》。

これには私の《罪人の役》が勝っているので、最下位のラジ団長には得点が入らない。

というわけで！　私たち姉妹の勝利だ！

「やったぁ！」

リル姉と喜びのハイタッチ。作戦成功！

「なんで《罪人の役》なんか…」

サリムさんが納得いかないようにこちらを睨んでくる。では、種明かしといこうか。

「《王の役》を作ってくるのがわかっていたからですよ」

「？　……あ、まさかっ」

ようやく理解したらしいサリムさんに、注意をしてあげる。

「子供にならイカサマが通じると思わないでください」

カード裏の複雑な模様にまじり、実はよーく見るとなんのカードであるかが小さな文字で四隅に書かれてあったのだ。

ただしそれは、ガレシュ王国の文字だった。

フェビアン先生に借りた本で自主学習していたおかげで、私も《王》や《剣》などの短い単語くらいは読めるのだ。文字を知っていなければ、複雑な模様に目を眩《くら》まされてわからなかっただろう。

最初に五枚取る時点で、サリムさんたちが容赦の欠片もないカードを取っているのが大体見えてわかっていたので、それに合わせてカードを選んだのだ。

彼らのほうは、まさか私がガレシュの文字まで読めると思っていないから、こちらの様子をほとんど気にせず、目当てのカードを漁っていたんだよね。

あとは、相手に手札を読まれないよう注意しながら、逆にこちらは相手の手札を読みながら、ごまかしごまかし役を完成させた。

一応、ラジ団長が《国家の役》を作れないように、《黄の魔法使い》を取っておいたりもして。

初心者が難易度の高い《罪人の役》に手を出しているとは、さすがに予想できなかったはずだ。

イカサマに加え運も味方し、勝利を収めることができた。

ちなみに二対二にしたのは、一対一だと、どちらも《国家の役》を集めてしまって勝負がつかないと思ったからだ。

「サリムさんたちは、ガレシュの方なんですか？」

気になったので訊いてみたら、やっぱりそうだった。

自国の文字さえ読めない人が多いトラウィスに、外国の文字を読める人なんてほとんどいないだろう。色んな人が旅しているんだなあ。

「なあ、もっかいやらねえか？　あ、ほら、次は別のカード使ってさ！」

「二度とやりません」

またイカサマされる可能性があるのに誰がやるか。普通にやったとしても、場数を踏んでいる彼らのほうが勝率高いだろうし、そもそも賭けるものだって何もない。

「惜しいなあ…姉妹で絶対に売れるのになあ…」

未練がましい視線を送ってくるラジ団長のことは放置し、さっさとベインさんに頼んで歌を教えてもらった。

結果的に勉強できたし、悪い大人にひと泡吹かせられて楽しくもあったが……目と頭が異様に疲れた。

次からは早めに夕食をとるべきだな。

22

「じゃあ――……初代国王の名前は？」

「簡単。セーファス・クロノラン！」

相変わらず、がたがたうるさい貨物馬車の中で、ただいま勉強の真っ最中。

旅に出て十日目、今日はリル姉にノートから問題を出してもらい、暗記したところに穴がないかの確認をしているのだ。

「当たり。だけど王様を呼び捨てはまずいんじゃない？」

「あー…試験の筆記でも敬称いるのかな」

「一応、付けておいたら？」

「そうだね。そうする」

身分社会めんどくさい。

「じゃあ次はー…」

リル姉が続く問題を考えている途中で、馬車の速度が落ちてきたのを感じた。

「お、着いた」

すぐにリル姉からノートを返してもらって鞄にしまう。

立ち膝になり、積まれた貨物の木箱越しに馬車の前方を見ると、次の街の門がすでに迫っていた。

門番の誘導で馬車が道の左端に寄って止まり、私たちを含めた他数名の客が馬車を降りて順に検問を受ける。どこの街でも、入る前には必ず行われていることだ。

若い娘二人の旅人は珍しく、ここに来るまでに二つの街を同じように通ってきたが、大抵いつも、門番には不思議そうな、驚いたような、けげんそうな顔をされていた。

「この街に来た目的は?」

「王都へ行きたいんです」

頬骨の張った岩みたいな顔の門番に、通行証を提示する。領地内の移動は自由なのだが、領地を越えて移動する際には、役所にお金を払って発行してもらう通行証がなければならない。

それをここで出したのは、この街が領地の境目だから。

宰相領と王領とは、大きな大きな湖に隔たれ、領地越えには船に乗らなければならなかった。

「この街から王都への船が出ているんですよね?」

通行証がちゃんと本物であると認められた後、リル姉が門番に確認する。ちなみに私たちの通行証はレナード宰相からプレゼントしてもらったものだ。王都に行けって言ったのあの人だから。

門番は開け放たれた城門の向こう側を指し示した。

「この通りを行けば船着き場がある。そこでまた検問があるから通行証を見せるように」

道の先は家々が密集して見通せないが、途中に案内板が立っているから迷わないだろうとのこと。

こうして旅人に説明してあげるのも、彼ら兵士の仕事の一つだ。

「船便はいつ出ていますか?」

「朝と昼の二回だ。今日はもう最後のが出たところだから、北のヘルベル通りで宿を探すといい」

「わかりました。ありがとうございます」

親切な対応にお礼を述べ、門をくぐり、人で混み合う道を進んだ。馬車の支払いは乗る前にすでに済ませてある。

「いよいよ王領に入るのね」

歩きながら、リル姉が少し緊張したように漏らす。

「ずいぶん遠くまで来ちゃった感じがするわ…」

「だねー」

体感では十日よりもずっと経っているような気さえする。色んな人や物に出会う旅は、様々な経験が凝縮されている濃密な日々だ。

「でもまだ半分だからね。無事に王都に着いたら何かおいしいもの食べよっ。あ、ほら、この前馬車で乗り合わせた人が、王都のお菓子はパイが有名だって言ってたじゃん？　絶対食べなきゃだよ」

「そうね。——ふふ」

「？　どうかした？」

急に笑い出した隣を窺うと、「なんでもないわ」とリル姉は微笑みを返す。

「何かおかしかった？」

「ううん。そうじゃなくて、ただ、エメはどこにいても変わらないなーと思っただけ。いつも、先を楽しみにするのよね。うん、私もそうするわ」

自分の言葉に自分で頷いている。

もしかして、領地を出る間際になり、リル姉は不安になったのかな。

境界を越えてしまえば、戻ることがより難しくなるから。

もちろん、そんなの百も承知で来ているが、改めて思えば怖くもなるだろう。私だって、少しはそんな気持ちもある。

だけど、それを吹き飛ばせるくらい楽しいものが、いつも視界に溢れているから、ためらいなく進んで行ける。


ひとまず今夜の宿を取ったものの、まだ日が高かったので、私たちは貴重品だけを持ち、船着き場への道を確認しておくことにした。

街並みは入り組んでいて、道がまっすぐでなく、ややこしい。

帆船の絵が描かれた案内板だけを頼りに行くと、あるところで突然視界が開け、海のように大きな、青く透明な湖が現れた。

「うっわー!」

「わあっ!」

思わず悲鳴を上げてしまった私たち姉妹を、近くにいた人たちが、ちらっとだけ見て、すぐ視線を逸《そ》らし作業に戻る。

湖畔には木造帆船がいくつも停泊している。船から積み荷を降ろす労働者たちが桟橋を忙《せわ》しなく行き交い、その荷を積まれた馬車が、道の脇に寄った私たちの横を過ぎていく。

桟橋の手前には兵士の詰め所があった。城門で言われた通行証を確認する検問所なのだろう、その前を通らなければ船には乗れないようになっている。

「見てエメ、あっち側がすごく遠いわっ」

風に舞う髪を押さえ、リル姉はかすみがかった向こう岸に目を凝らす。ほんとに、海みたいな大きさだ。渡るのに何時間かかるんだろ。

馬鹿みたいに口を開けて湖畔に突っ立っていれば、不意にぶるりと体が震えた。

「――ちょっと、風が冷たいかな？」

季節は草木の萌える春だ、旅をしていて寒いと思うことはほとんどない。だがここでは、外套を羽織っていても少しだけ肌寒く感じる。

「明日の朝出発だと、もっと寒いかもね」

「そうね。厚手の外套を一着くらい、買い足しましょうか」

旅荷物は最小限にするのが鉄則。他のものは必要になった時に、最寄りの街でその都度買い足すほうが無駄がないとジル姉に言われていた。商業都市の多い地域ならではの旅の仕方だろう。

旅の経験もある彼女の教えでは、何より大事なのが体調管理となっている。

暑い寒いと感じるならケチケチせずに装備をそろえる。そうすれば、病気にならず旅程も遅れず、かえって安くあがるのだそうだ。

そこで街中に戻り、店を探し始めたら、間もなくして元気な物売りの声に捕まった。

「旅のお嬢さん方！　湖を渡るなら、あったかい外套が必要だよ！」

頭の上で髪をひっつめているおばさんが、小さな店の入り口で外套というかポンチョを掲げ、営業スマイルを私たちへ向けている。ちょうどいいので話を聞いてみることにした。

「さっきもあんた方が、ここを通ったのを見てたんだ。王都に行くつもりなんだろうけど、そんな薄着じゃ凍えちまうよ？　この辺りはまだ肌寒いだろう？　水の上はもっと寒いよ。しかも、向こう岸に着くまで半日はかかるんだからさっ」

「半日もですか？」

それは知らなかった。

おばさんは大真面目な顔をずずいと寄せてくる。

「そうだよ。湖の風は女子供がお好みなのさ。油断してるとあっという間に、天空神の御許《みもと》にさらわれちまう」

「そんなに寒いんですか」

「だからこの時期はまだ外套が必要なのさ！　ほらこれ、羊の毛が織り込んであるの、あったかいよー。お嬢ちゃんにお似合いじゃないかねえ。旅が終わった後も王都で着られるくらい可愛いだろう？」

おばさんの勧めてくるポンチョはどれも、確かに可愛い。ふさふさが裾に付いていたり、色も柄も素敵なものが多く、魅力的だ。

みっちり織り込まれた布の内側に、もこもこした羊の毛が付けられていて、とても暖かく、いい品なのがわかる。値段も馬鹿高くはない。ただ、二着買うとなればやや苦しい。

リル姉とアイコンタクトで「絶対欲しい」と購買の意志を確認し合い、さっそく値切り交渉に入った。

こんなのは旅に出る前から日常茶飯事であり、おばさんだって私たちが出せる範囲を、格好から大体心得ているのだ。お互いぎりぎりのところで妥協し合い、一番安いクリームイエローのポンチョを手に入れた。

安くても暖かいしすごく可愛い。リル姉とおそろいだ。ただし子供用がなかったため、サイズまでおそろいになってしまったが。

裾がリル姉はお尻を隠せるくらいまでで留まっているのに対し、私は膝まできている。

宿に帰って試着し、ぼやいてしまう。まんま、てるてる坊主みたいだ。失敗したとまでは言わないが…おしゃれは大人にならないとできないもんだな。

「なんか、かっこ悪いなあ」

「そんなことないわ。可愛いわよ？」

「そう？」

「うんうん」

そうなのかな。まあ、てるてる坊主を知らなきゃ、それみたいとは思わないか。

自分ではなんとも不格好に感じたが、リル姉が可愛いって言ってくれるなら、いいです。

23

これまでの旅の間ずっとそうしていたように、私たちは早朝に起きて出発の準備をした。買ったばかりのポンチョを着て、下はズボンを穿《は》く。ブーツの中に裾を入れて隙間をなくせば防寒は完璧。宿の食堂で朝食をとっている時は、その格好ではさすがに暑かったが。

宿を出ると、私たち以外にも船着き場に向かう人の姿がけっこうあった。徒歩の旅人だけでなく、荷物を運ぶ馬車も。旅人と商人は早起きなものだ。

船着き場に着いたら、まず検問所で通行証を提出。厳しい兵士のチェックを通過した後、桟橋に立っている船夫にお金を払い、船に乗せてもらう。

一番大きな帆船の周りには、荷を運んできた馬車が集まっている。それは貨物船であり、人は基本的に乗せないと言われた。

人が乗る船は大きめのボートみたいな帆船。船室はない。

一隻に乗れる人数はおよそ二十名で、定員を満たした船から順に、帆を広げて出航していく。それまでは、船夫に手を貸してもらって船に乗り込み、待っていなければならなかった。定員に満たなくても時間が来れば出発するそうだが。

船の揺れや風によって、無数の波紋が生じた湖面を朝日が照らし、きらきらして眩しい。船の喫水が浅いため、手を伸ばせば光る水面に触れられた。

「冷たっ」

指先を浸しただけで凍えそうな水温だ。すぐに手を引っ込める。声を上げたせいだろう、船首にいた髭の船夫に気づかれ、

「こら、乗り出すなっ」

普通に怒られてしまった。つい、こういうのやっちゃうんだよな。

「すみません」

素直に謝ると、船夫も別に本気で怒ったわけではないようで、歯を見せて笑っていた。

「湖の妖精に引きずり込まれたくなけりゃあ、大人しく待ってな？」

こっちが子供だと思って冗談っぽく言う。この世界でも、妖精は物語の中でしか聞いたことがない、迷信扱いだ。本当にいるのかいないのか、誰も知らない。

大人しく待つうち、湖畔には人がどんどん増え、最後は走ってきた若いカップルが慌てて乗り込み、定員に達した。

船が白い帆を広げ、岸を発つ。

離れてゆく地をほんのわずか振り返り、首が痛くならないうちに前を見た。

「エメ、寒くない？」

静かな湖面を滑る船の上は、やはり少し風が冷たい。リル姉はこれまで着てきた外套を取り出し、自分と私の膝に広げてかけた。

「ありがと。今ちょうどいいくらいだよ」

「買っておいて正解だったわね」

中のもこもこを触っているのか、リル姉のポンチョも湖面のように波打っている。ウールは肌触りがいいよね。

寒くなければ、朝の冷気も悪くない。よけいな思考が取り除かれ、頭が冴え渡る感じがする。

鼻から深く吸い込み口から吐いて、体の内部まで一新された気になり、さっそく私はノートを広げた。


湖の半ばまで船が進むと、さらに風が強くなってきた。

春なのに、まるで木枯らしだ。もう一枚、私の外套も出して膝かけがわりにする。

「この辺りは夏でも涼しいんですか？」

「ああ。それで金持ち連中が舟遊びに来たりもするよ」

私が勉強している間、リル姉は出発前に私に注意した船頭さんと話していた。船には他に五人の船夫が乗っていて、帆の近くに一人、船の前後に二人ずつがオールを持って待機している。風が弱まった時は漕いで進むため、彼らの腕は太くたくましい。厚着した服の上からもわかる。

最初のほうに船に乗った私たちは、船首傍《そば》に座っているので、自然と近くにいる彼らが話し相手になっていた。

後ろのほうからも様々な話し声が聞こえる。最初は湖の景色でも眺めて暇を潰せるが、半日もかかる移動ではそろそろ飽きる頃だろう。

私もまったく会話に参加していないわけではなく、勉強しつつも半分耳は傾けていた。

「ヘルベル通りは旅人用の安宿ばっかだが、湖の近くのアラド通りには遊びに来た金持ち用の高級宿があるぞ。嬢ちゃんもいい人捕まえて、いつか連れて来てもらいな？」

船頭さんはとても気さくなおっちゃんだ。若い娘と話せるのが楽しいのかも。

「そんな人、捕まりませんよ。でもいつか、また来てみたいです」

リル姉は笑って言い、船の外へ視線を移して呟いた。

「何か珍しい植物がありそう。今度はもっとゆっくり来て、湖畔を散歩してみたいわ」

観光じゃなくて仕事だね！

果たして年頃の女の子がそれでいいのかはわからないが、ぜひ私も一緒に採取したいな。姉妹だからかなあ、思考がだいぶ似てきたたね。


びゅお、と唸りを上げる突風が吹いた。

「うあ待った！」

ノートが飛びそうになり、体を倒してガードする。もう何回もめくっているから、紐を通した穴が切れてぼろぼろなんだ。

私の他にも、後ろから悲鳴が聞こえてる。

「ロアナ⁉　おいっ、おいロアナ！」

男性の、ただならぬ様子の声が。

「船頭！　客が一人倒れやした！」

「はあ⁉　何した！」

船尾にいる部下の大声に呼ばれ、船頭さんが客の隙間を縫ってそちらへ行く。

私もリル姉と顔を見合わせ、荷物を持って船頭さんの後を追いかけた。何かできることがあるかもしれない。

帆の下をくぐって、船尾に辿り着くと外套にくるまった若い女性が、連れの男性に抱かれてぐったりしていた。

「ロアナ！　しっかりしろ！」

男性が頬を軽く叩いて呼びかけているものの、女性は薄く開いた瞼の下で瞳をふらふらさせて、意識はあるがはっきりしていない。

その顔色は血の気が引いて青白く、唇が紫に染まっていた。

「風にさらわれたか…」

一目見て船頭さんが呟く。いやまだ死んではないだろう⁉

「どいてくださいっ」

周りの客や船夫たちをどかし、私とリル姉は色を失っていく女性の前に座った。

「あ、あんたらは？」

「私たちは薬師です」

男性のほうに短く応え、女性の頬に触れるとやっぱり、とても冷たくなっている。

低体温症だ。

ずっと寒いところにいることで体温が下がり、血流が鈍る症状で、言うなれば凍死の手前。

冬場や山中で起こることが多いものだが、実は夏場でも平地でも発症する場合があることを私たちはジル姉から聞いて知っていた。だから装備をちゃんとしろと言われたんだ。

この人たちは知らなかったのだろう。彼女を包む外套は二枚あったが、厚手のものではなかった。

「体の震えが止まってる…エメ、これ危ないかもっ」

「うん。すいません場所あけてっ、彼女を寝かせてあげてください！」

周りに頼んで詰めてもらい、できたスペースに私の外套を布団がわりに敷く。リル姉は女性に自分のポンチョを着せてあげ、寝かせた上に私も自分のを脱いでかぶせた。これで少しは風を防げるだろう。

「船頭さん、なるべく急いで岸へ向かってくださいっ。早くしないとっ」

「わ、わかった。野郎ども全力で漕げ！」

たくましい船夫たちによって、船がぐんぐん進んでいく。

「ロアナ、ロアナはどうなるんだ？」

女性の傍に控える私たちに、動揺しきりの男性が詰め寄ってくる。外套を羽織っていない彼の顔色も悪い。

「大丈夫です、今はとにかく動かさないようにしてください」

「さっきまでひどく震えてたんだっ。温めてやらないと…っ」

「落ちついてください。今、動かしたら死にますよ」

彼がこれ以上寄って来ないようにはっきり言ってやる。私たちはちゃんと、ジル姉から対処法を習っているのだ。

震えが止まる程に症状が進んでしまったら、体の表面を温めることをしてはいけない。手足の冷えた血液が巡ってさらに体温が下がるそうなのだ。動かしたらいけないのも同じ理由。マッサージもだめ。

ひとまず風が当たらないようにし、処置は船を下りてからだ。かろうじて意識があるのが、まだ救い。

「あの、お名前を伺えますか？」

私が脅して黙らせてしまった男性のほうに、リル姉が声をかける。放心していた彼ははっと気づいて、そちらを見た。

「っ、シモンだ」

「シモンさん。私は薬師のリディルと申します。彼女、ロアナさんは、もともと具合が悪かったり、持病があったりしましたか？」

「い、いや、病気はない。ただ、慣れない旅で食欲をなくしてた」

「もしかして、朝ご飯を抜いてしまいました？」

「ああ。昨日の夜も少ししか食べてなかった」

「それが原因かもしれません。――たぶんそうよね？　エメ」

「だと思う」

リル姉の診断に同意。ご飯を食べないと体は熱を作れない。それと疲労や寝不足も、低体温症を発症しやすい要因になるのだ。


しばらくして、船が岸に着いた。

その頃には私とリル姉もすっかり体が冷えて震えていたが、これはまだ軽度の低体温症だから平気。シモンさんと船夫たちが協力し、ロアナさんをそっと船から下ろして運ぶ。

「なるべく水平にして絶対に手足を動かさないでください！　担架ありませんか担架！」

人を乗せられる板などがあればよかったのだが、都合よく出してくれる人がいない。周りはなんの騒ぎかと見ているばかりだ。

こちら側の岸にも検問所があり、そこを越えると街がある。通行証のチェックはここでも行われるらしく、行列ができていた。

「すいません先に通してください！　病人がいるんです！」

兵士の前も素通りして、とっとと宿へ運ぼうとしたのだが、当然のごとくに止められた。

「審査をしなければ街には入れられんっ」

検問の兵士は、しかも列に並べと言う。死にそうになっている事情を話したのに、だ。

本当の役所以上のお役所対応を受け、頭の中で何か切れる音がした。

「そんなもん後でいいでしょう⁉」

馬鹿どもが、と罵《ののし》らなかっただけマシだ。

しかし、頑迷なる兵士たちは聞いてくれない。

鎧を着て剣を腰に差している相手を無理やりどかすことなどできず、たくましい船夫も兵士には逆らえない。

——だったら、取るべき手段は一つだ。

「詰め所を借ります！」

一方的に宣言して駆け出し、湖に向いた彼らの詰め所の扉を開け放つ。

中は暖炉や椅子やテーブルがある一部屋だけの休憩室のようで、談笑中の数名の兵士たちが私を見て眉をひそめたが無視。都合のいいことに、彼らの仮眠用と思われるベッドが壁際にある。

「皆さん、ここに運んでください！」

「な、何を勝手にやっている！」

さっきの兵士が慌てて来たので、そいつの前に勢いよく両手を突き出した。唐突な動作に驚いた相手は入り口で動きを止める。その間にリル姉が船夫たちを急かして中へ入れた。

「何か文句がありますか？　街には入っていませんよ」

「っ…」

「あなた方が職務に忠実であるように、私たちは人としての使命に忠実です。罪のない命を死なせたくなければ黙っててください」

強く睨みつけ、早口で告げた後はすぐに中へ入った。

ベッドに運んだ時点で、あまり兵士と揉めたくないであろう船夫たちには構わず帰ってもらい、私とリル姉とシモンさんで処置を行った。

詰め所にあった鍋で湖の水を汲み、火を入れた暖炉にかけて湯を沸かす。鍋は兵士たちが休憩にお茶かお湯でも飲めるように備えてあったものだろう。

「リル姉、水筒を」

「はいこれ。タオルも」

「ありがと」

沸かしたお湯を自前の革の水筒に入れてタオルで包み、ロアナさんの脇の下や首などの太い血管が通っている場所に当たるようにした。即席湯たんぽだ。こうすれば内部の体温を徐々に上げていける。

我が家なのかってくらい、てきぱき動く私たちに他の兵士は呆気に取られているのか、邪魔はしてこなかった。

ベッドとお湯を沸かせる場所があれば処置ができたので、宿を探して無駄に患者を動かすことになるよりは、かえってここで止められてよかったのかもしれない。

やがてロアナさんの意識がもう少しはっきりして、こちらの声かけに応えるようになってきた頃に、また湯を沸かし、旅荷物の中から小瓶を取り出した。

中身は蜂蜜。非常食と、傷にも塗れるからって、ジル姉が持たせてくれたのだ。まあまあお高い

ものだが、人命にはかえられない。

カップに移したお湯に蜂蜜を溶かし、リル姉に手渡した。リル姉はロアナさんをそっと起こし、蜂蜜入りのお湯を少しずつ飲ませる。

糖分を摂取させつつ、内側から体を温めていけば、大丈夫。

ついでにシモンさんと、あと私たちも、看護の合間に一杯だけ飲んだ。ポンチョも外套も貸してあげた後半はかなり寒かったからね。


数時間後、ロアナさんの顔に血の気が戻ったのを見て、ほっと胸をなでおろす。シモンさんなどは目を潤ませて彼女を抱きしめた。そういやなんも事情を聞いてないけど、この二人は恋人とか夫婦なんだろうか。

詰め所の兵士たちも最後のほうは、なんだかんだ看護を手伝ってくれたりして、ロアナさんの快復を純粋に喜んでいた。その裏で「やっといなくなるのか、こいつら」って空気も感じなくはない。

検問を終え、無事に街へ入った頃には日暮れが迫っていた。

搬送を手伝ってくれたあの船夫たちにお礼を言いたかったのだが、すでに彼らは向こう岸へ帰った後だった。

「――ありがとうございます」

宿の前の道で、元気になったロアナさんとシモンさんが、私たちに深々と頭を下げる。さっきからずっとお礼を言われっぱなしだ。

話を聞いてみたら二人は兄妹で、王都で店を開いている親戚のもとへ行く途中だったらしい。

「本当なら何かお礼をしなきゃならないんだが……」

「大丈夫ですよ。気にしないでください」

シモンさんのほうにリル姉が再度優しく言ってあげ、しっかりした光の宿るロアナさんの目を見つめて微笑んだ。

「ロアナさんが元気になってくれただけで、私たちは満足ですから」

別に裕福そうでもない格好から判断してたぶん、彼らの財布には大して余裕がないだろう。最初から期待してません。

「私たちにお礼するより宿で最低二日は休んでください。あとご飯は必ず食べること。絶対ですよ？」

人差し指を立てて忠告したら、なぜか兄妹に微笑まれた。真剣に言ってるんですけど。

「はい、わかりました。ありがとう、勇敢な薬師さんたち」

「どういたしまして」

手を振って別れ、私たちは宿を探しに行く。ロアナさんたちの泊まる宿は彼らでちょうど満員だったので、譲ったのだ。

「あー、まだどきどきするっ」

夕暮れの街を歩きながら、リル姉が胸を押さえて急に言った。

「助けられなかったらどうしようかと思ってたの。低体温症の人なんてお店には来たことなかったじゃない？　エメが詰め所に飛び込んだ時もびっくりしちゃった」

それを聞いた私はちょっと意外に思った。

「そうなの？　リル姉、全然動揺してないように見えたけど」

むしろ、めっちゃてきぱき動いてたよ。私が兵士を止めている間にロアナさんを運び込んでくれたりさ。

「ほんとは怖かったのよ？　牢屋に入れられちゃうんじゃないかと思ったわ」

「悪いことは何もしてないよ。詰め所で看護しちゃいけない法律なんてないって」

「そうだけど、あんまり無茶しないでね？」

「わかってる」

心配そうなリル姉に明るく応える。

「でもさ、この分ならリル姉は余裕で医療部に受かるよねっ。初めて見る症状もちゃんと診断できたもん。私もがんばろーっと」

「エメなら大丈夫よ」

「うん。ありがと」

王領に入って道のりはあと少し。

ここまで来たら二人で絶対、合格するのだ。

24

王領に入りすぐさま景色が劇的に変わった…なんてことはなかった。

湖を過ぎれば春めいた暖かさが感じられ、偉大なトラウィスの王が治める平和な緑の大地に、街があって村があって、街道を馬車や人が通っている様子はこれまでとまったく同じだ。

街にいる兵士の鎧のデザインがちょっと変わったくらいかな。雇い主が違うせいだろう。

ただ、一つだけ。

草原を行くこれまでの道中にはない、彩りに満ちた《春》があった。

それは湖の次の街の宿に泊まった際、宿のおばさんに勧められ、馬車に乗らずに街道を徒歩で行った時だ。

途中、山道に入り、そこで鮮やかな黄色い花の群れを見た。

人の背丈くらいの低木の全部の枝に、花びらが幾枚も重なった小さな花が咲き乱れ、街道脇を美しく飾っていたのだ。

まるで黄色い桜。

葉が展開する前に、先に花開いてるさまがよく似てる。なんだか懐かしい気持ちになった。

花はこの時期の名物らしい。教えてくれた宿のおばさんに感謝しつつ、せっかくの風物で遊んでみたりして。

たくさん咲いている花を少しだけいただき、リル姉と互いの頭に飾り合ったり、花びらを取って草笛のように吹いてみたりした。

前世で今より小さな子供だった頃、春になると、地面に落ちる前のきれいな桜の花びらを空中で捕まえて、友達と吹いて遊んでいたものだ。

毎年やっていたら音階まで自在につけられるようになり、生まれかわった今でもその感覚を覚えていた。

「すごーい、どうやってるの?」

適当に吹いてみせれば、リル姉も興味津々で花びらを一枚取った。

「ちぎれないくらいの強さで花びらを引っ張って、下唇に当てるの。で、吹く」

「こう?」

ピー、プー、と間の抜けた音を山中に響かせ、二人ででたらめな合奏をして楽しむ。

こういうのも、旅の醍醐味なんだろう。

徒歩で、しかも遊びながらでは次の街まで辿り着けず、峠の宿で一泊した。もちろん、宿があることを知っていたから徒歩で行ったのだ。

これも聞いていた通り、昼前に前の街のほうからやって来た貨物馬車に乗り込むと、乗客は私たちだけだった。荷物が多くてあまり多くの人を乗せられるスペースが馬車にはなかったのだ。

いつものように私は荷台でノートを広げ、もう隅から隅までとっくに覚えてしまった内容を改めて確認。

リル姉は昨日の花を荷物に挟んでせっせと押し花作りなどをしていたのだが、御者のおっちゃんはどうやら、お喋り好きだったらしい。

何気なくリル姉に声をかけたところから、世間話がぼちぼち始まった。

「ここらで有名なのはなんたって、大地から湧く命の湯だわな」

「温泉！」

そこまで話半分で聞いていた私だったが、その単語が出た瞬間にノートを閉じて、リル姉と同じく御者台のほうへ身を乗り出した。

馬車はまた山道に入っている。昨日の花の山に連なる、もう少し大きな山で、たまに硫化水素の匂いがすると思っていたら活火山だったようだ。

麓《ふもと》には温泉街があり、あの黄色い花木を見ながら湯に浸かれる宿が人気だそうだ。俄然テンションが上がる。

「地面からお湯が湧くの？」

温泉を知らないリル姉は、ぴんと来ない様子で眉をひそめていた。

「そうそう。地面の下にはマグマ……熱い火の塊があって、それに温められた地下水が、地面の割れ目から湧き出てくるんだよ」

「火が埋まってるの？　地面に？」

「うん。その火の塊が冷えて固まると岩とか、地面になるの」

この世界のでき方が本当に私のいた世界と同じものという確証はないが、温泉の近くで硫化水素の匂いがするならたぶん、違いないだろうと思って説明した。

「中には色んな物が溶け込んでいて、それが体にいいんだよ」

「ただのお湯じゃないのね？　薬湯のお風呂みたいなものかしら」

「あー、近いかもね」

「嬢ちゃんはえらい詳しいなあ？　体にいいってのは言われてるが、細かい理屈は初めて聞いたよ」

大した説明はしてないですよ。専門家でもないし。

しかし温泉、温泉いいよなあ…

「普通の宿でも温泉に入れるんですか？　安めのとこでも？」

「それが売りだからねえ」

「やった！　今夜は温泉――っ」

がたん、と突然馬車がその時大きく右に傾き、私は後ろの荷台に転がって頭を打った。あと舌噛んだ。

リル姉も、隣で私と同じ格好で荷物に後頭部をぶつけていた。

「だ、大丈夫エメ？」

「う、うん。リル姉も平気？　脱輪かな」

お互い頭を押さえつつ身を起こすと、外からわーっと大人数の声が聞こえた。幌の張られた荷台の中にいる私たちからは前後しか見えないのだが、そのまさしく後方から、山の斜面を駆け降りてくる集団が見える。

「山賊だぁっ！」

え、マジ？

御者のおっちゃんが叫び、必死に馬に鞭打つが、車輪が溝に嵌まっているようで走れない。ってこれ、もしかして罠⁉

おいいいぃぃぃ！　なんでこんな王都の近くで山賊が出るんだよ！　罠張ってたってことはここに住みついてるってことじゃないかあぁっ！　兵士は何やってんだぁぁ！

ちくしょうここまで来て死んでたまるか！　今夜は何がなんでもリル姉を温泉に入れてあげるんだ！

「リル姉、援護お願い！」

「何するの⁉」

「馬車を押す！」

昨日、杖がわりに山中で拾った棒をひっつかんで、荷台を降りた。

凶器を持った集団を背後にするのはこの上なく怖かったが、縮こまって震えてたってどうせ殺されるだけなのだ。虎に追われりゃ臆病者さえ崖を飛ぶ！

棒を車輪の下に差し込み、てこの原理で浮かせる。二頭立て馬車で馬力だけはあるから、少しずつ少しずつ溝を脱出できそうだ。

しかしさすがに山賊が追いつくほうが早かった。

「痛っ⁉」

ところがまず悲鳴を上げたのは山賊たちのほう。

なぜなら、リル姉が棘《とげ》の痛いガハの実を投げつけたから。

ガハは、いが栗を小さくしたものに近い、素晴らしい天然の武器だ。中身は鎮痛剤に使える。地面に落ちたものを踏んでも痛い。まきびし効果！

それからお手製の催涙弾。

卵の殻で作ったそれが当たって割れると、中から目に染みるハクト草の粉が飛び出し、周囲に飛び散り二次被害を生じる。

我ら姉妹をなめてもらっちゃ困る！　ちょっと私のとこまで飛んで来てるけどな！

山賊たちの目が潰れているうちに、こっちもぐずぐずになりながら棒に全体重をかけた。

ぐ、ぐぐ、と車輪が持ち上がってあとちょっと——で、ばき、という絶望音が私を地に落とした。


……え、うそ、折れた？

衝撃で地面に尻もちをついた私の体から血の気が引いていく。

せっかく半ばまで持ち上がった馬車が再び溝の一番深いところに落ちてしまった。

「——コンのガキがぁっ！」

襟首を掴んで引き倒され、極悪な男の顔が見えて我にかえった。

こうなったらもう、馬車を捨てて一か八か山中に逃げるしかない！

「リル姉！　走って！」

飛び起き、リル姉に指示しながら男の手を外そうとするが、なかなかどうして握力が強い。

そのうち他の奴らが馬車へ殺到していた。

「リル姉ぇっ‼」

くっそ判断ミスだ！　もっと早く馬車を捨てて逃げればよかったんだ！

「エメっ‼」

馬車から引きずり出されたリル姉の、私の名を呼ぶ悲鳴が聞こえた。

それに急かされ、必死に抵抗するも虚しく、片手で私を押さえつけてしまった男が鉈《なた》を振りかぶる。

前世まで含めた様々な記憶が、私の頭を駆け巡った。そしてその最後に浮かんだのは、単純な疑問。

——神よ、ここで私を殺すのならば、なぜ転生させた？

まるでそれに応えたかのように。

次の瞬間、重い音とともに男が倒れ、背後から緑の瞳の少年が現れた。

《次巻へ続く》

番外編「雨のち晴れ」

それは、私たち姉妹が王都へ発つ前年。ある夏の日の、なんてことない出来事だった。

「皆さんは花言葉を知っていますか？」

生徒たちにフェビアン先生が問いかけた。

本日は礼儀作法の授業。お辞儀の仕方や所作だけでなく、貴族の文化を学べる時間でもある。

「どこの国の言葉ですか？」

挙手したセオがずれた質問返しをし、先生は眉根を寄せて困ったように微笑んだ。

「いえ、言語ではないのですよセオ」

この国にも花言葉があるのかー、と感心していた私だが、庶民に浸透しているわけではないらしい。教室中の誰もが知らず、不思議そうにしていた。

「エメはどうですか？」

生徒たちの反応を受け、フェビアン先生が私にふってきた。隣に座っているリル姉を含め、教室にいる十数名の注目が一気に集まる。

すでにあらかた文字を習得し、学習が進んでいる私やリル姉は、誰も答えられない質問の時に、よく最後に指名されるようになっている。今日は私のほうみたい。

「聞いたことはあります」

「皆に説明できますか？」

「はい。えーっと、花言葉は、その花から連想される言葉で、花につけられた意味です。具体的な例までは知りませんが」

植物の薬効や毒性なら、すらすら出てくるけど。この世界の花言葉までは網羅《もうら》してないや。

「結構ですよ。皆さんわかりましたか？」

フェビアン先生は嬉しそうな笑顔で頷き、生徒たちを見回した。しかし、セオなどはまだ首を傾げている。

「花に意味？」

「ええ。気持ちを伝えるために、言葉のかわりに花を使うことができるのです。例えば体の具合が悪い人には、『早くよくなりますように』との意味を持つ花を贈るなど。相手の状況と自分の気持ちに合わせて贈り物を選ぶのが立派な紳士淑女なのです」

「でも、相手が意味を知らなかったら関係ないんじゃないですかー？」

子供の指摘はわりと鋭い。ま、この辺りの下町で、花言葉を気にしてる人なんて皆無だろう。

フェビアン先生は一瞬たじろいだものの、咳払いをして持ち直した。

「これは気遣いができるかどうかのお話です。万が一にも、相手方に失礼のないようにしなければいけないのです」

対する子供たちは、ふーん、という反応。あんまり興味なしか。

「花に意味があるなんて、おもしろいわね」

一方でリル姉はこっそり私に耳打ちしてきた。

「薬草にもあるのかしら」

「あるかもよ？　花言葉と言いつつ花をつけない植物にまであったりするから」

少なくとも転生前の世界ではそうだったな。暇潰しに開いた花言葉の本の中に、キノコの名前を見つけた時は、もはやなんでもありなんだなと思った。

キノコ、植物ですらないのに。あれ菌類だから。カビの仲間だから。

「花がなくても花言葉？　不思議ねー」

「不思議過ぎるよ」

「先生ー」

不意に、後ろのほうの席に座っているレニが、珍しく授業中に挙手をした。

「その花言葉ってやつ、好きな女に告白するのにぴったりなものはありますかー？」

「ありますよ。え？　ですが、レニ？　君が女性に、ですか？」

「売るんです。男に」

レニは不敵な笑みを見せる。

「そういう文句つけたほうがよく売れそう」

小さな商売人は、先生の意図しない理由で喰いついていた。ロマンチストはこの教室にいない。

「そ、そうですねえ、愛を伝える花はたくさんありますよ」

悪い顔をする生徒にやや戸惑いつつ、フェビアン先生は一番前の机で大きな本を開いた。私も含め子供たちがその周りに集まる。

それは植物のスケッチと名称、生息地や花言葉などが載っている植物図鑑だった。新しく取り寄せてくれたらしい。ありがたや。

「例えばクレシウム。これは宮廷貴族の間でよく使われている花です。花言葉は《忠実なる愛》で、生涯を通してあなただけを愛します、という誓いの意味がありますよ。薄桃色の花の中に小さな白い花が咲く珍しい花なのです」

スケッチは白黒なので、色の説明をフェビアン先生が付け足してくれる。しかしこの辺では見たことない花だな。

「近くに咲いてるやつがいい」

「勝手にめくるなよ！」

後ろから手を伸ばすレニをセオが押しのける。

一つの本を複数で見る時はたまにこういう、ささいな攻防が子供たちの間で勃発するのだ。しかしこれは悪いことではなく、皆が勉強熱心になった証拠で、喜ばしいことなのだと思う。

「ほらほら喧嘩はいけませんよ？　順番に見ていきましょう」

「あ」

先生の言葉を軽く無視し、次にめくったところで、レニが手を止めた。

「これ、見たことあるかも」

「どれですか？　ああ、サンサレムですね」

レニの指す右のページを私も背伸びして覗いてみる。

毬《まり》みたいな丸い花と細い葉をつける植物のようだ。私は特に覚えがない。

「この花は《感謝の心》を意味します。家族や大切な友人に贈る花としても使えますよ。ちょうど今の時期に咲いている花です。この近くにあるのなら、皆さんも誰かに贈ってみてはどうでしょうか」

私はすぐさまリル姉を振り返る。すると、どうやらリル姉も同じことを考えたらしく、小刻みに何度も頷いていた。

私たちが特別に感謝を贈るとすれば、相手は一人しかいない。

授業が終わって店に戻る前に、すばやくレニを捕まえた。

「ねえ、この花をどこで見たの？」

「んー？」

図鑑を指し、尋ねるとレニはとぼけてみせた。

「どこだったかなー」

ちら、ちら、とこちらを見る目付きから、要求していることは大体わかる。

「明日、店が休みだから案内してよ。もちろんタダとは言わない」

「あんたは話が早くて好き」

レニはとても嬉しそうに笑っていた。ちゃっかり者め。いいけどさ。

「せっかくだし、花を贈るついでにお祝いしない？」

店に戻ってから、私はリル姉に提案してみた。

今は店の脇で布を広げて座り、冷え性の薬に使うピスタチオみたいな実の殻を、手で地道に剥いていく作業中だ。ジル姉は中にいる。

「そろそろ私たちがここに来て六年になるでしょ？　ジル姉ありがとうパーティーやろうよ」

六周年記念に、ってかなり中途半端だが、やって悪いことはないはず。

リル姉も大いに賛同してくれた。

「ぜひやりましょっ。ジル姉にはお世話になりっぱなしだもの」

「うん。ジル姉の好きな料理でも作ってあげようよ。あ、もちろんジル姉には当日まで秘密ね。びっくりさせるのっ」

こういうのはサプライズにしたほうが絶対楽しい。その心が顔に出てしまったのか、リル姉にくすくす笑われた。

「ええ、そうね。ジル姉が好きなのはー…」

手は止めずに、リル姉は虚空に視線を彷徨わせて考える。

「なんでもおいしいって食べてくれるけど、一番はお肉かしら」

「だね」

筋肉質な体をしているジル姉は、きっとタンパク質がいっぱい必要なんだ。

普段、家で食べているのは羊のすね肉。硬いが安くて、よく煮込めばとろとろになってうまい。

たまに、ジル姉はそのまま炙《あぶ》って豪快に齧りついたりする。顎の力が素晴らしい。

「じゃあ肉料理にするのは決定として、他はその日の食材を見て財布と相談だね」

「そうね。あ、明日は昼過ぎにお肉屋さんに牛肉が届くらしいわよ？」

なんと、牛肉とは！

この辺は羊を飼っている農家が多いため、口にできる肉はそれが多い。牛は貴重な労働力だったりするのだろう。なのでとても珍しい。

「朝に花を探して、それから買い物に行けばいいんじゃないかしら」

「そうしよう！　――にしても、その情報どこから仕入れたの？」

「ロッシが教えてくれたの」

ああ、あいつ運送屋だから知ってるのか。

そういえば今朝、薬草干してるリル姉に構ってもらいに来てたっけな。あまりにうざったくて追い払ってしまったが、なかなかいい情報をくれるじゃないか。

「おい、終わったか？」

その時、背後の窓からジル姉がひょっこり顔を覗かせた。私たちは咄嗟に口を噤《つぐ》む。

「？　どうした？」

見下ろしてくる顔は怪訝そう。どうやら話の内容は聞こえてなかったみたい。

「どうもしないよ。はい」

剥いた実を入れた籠を窓越しにジル姉に手渡す。ジル姉はかすかに眉をひそめながらも、受け取って中に戻った。

私たちも殻を片付けて中に入るとさっそく、カウンターで調合しているジル姉に明日のことを相談した。

「ねえ、ジル姉は明日のお休み何してる?」

「特に決めてないが…」

「家にいる? それなら私とリル姉はちょっと出かけて来ようと思うんだけど」

「好きにしろ」

「ありがと」

短い会話の後、しかしジル姉はふと何かを感じたのか、尋ねてきた。

「どこに行くんだ?」

「実験の材料集め」

私の場合、少々おかしな行動はすべてこれで納得される。

「学校の子が、珍しい植物の生えてる場所を教えてくれるんだって」

それから嘘をつく時は、本当のことを混ぜてあげるといい。どこかで聞いた話だと、詐欺師とは八割の真実を言い、残りの二割で人を騙すのだそうだ。いや、私は詐欺師ではないのだが。

「どこだ、それは」

「さあ? 明日教えてくれる約束だからわかんない。たぶん街中ではあると思うけど」

「リルも行くのか?」

「う、うん。私も見てみたくて」

リル姉の態度はちょっとぎこちない。根が素直だから、嘘をつくのは苦手なんだよね。

「…まあ、気をつけて遊んでこい。エメはあまり暴走しないようにな」

「はーい」

元気よく返事をし、話はそれで終わった。たぶん怪しまれてはいないはず。よかったよかった。

……暴走って？


翌朝。

採取用の道具を小さなショルダーバッグに詰め、準備は万端。

出発前に、ジル姉には声をかけておいた。

「帰りに夕飯の材料も買ってくるから、ジル姉はゆっくりしてていいよ」

「…わかった」

さあ、今日は忙しいぞ！

レニとは学校で待ち合わせている。時間は特に指定していなかったが、最近の彼女は学校で寝泊まりしているそうなので、朝に行けば会えるだろう。

小走りで学校へ向かう途中、

「おや、エメにリディル」

近くの商店街に差しかかったところで、青果店のおばちゃんに会った。

まだ路上生活していた時にも、ジル姉のもとへ転がり込んだ後にも、たびたび買い物に来てお世話になっているペギーさんだ。

彼女は薬屋のほうにも来てくれるご近所さんなので、きちんとご挨拶をしておかなければ。

「おはようございますペギーさん。腰の具合はどうですか？」

「もうすっかりよくなったよ。あんたらのとこの薬は本当によく効くねえ」

ペギーさんはにこにこの笑顔だ。よくなって何より。

「お仕事大変でしょうけど、重い物を持つ時は気をつけてくださいね？」

「わかってる。ジゼルさんにもよぉく注意されたよ。ところで、今日は姉妹でお出かけかい？」

「ええ、ちょっと採取に。昼過ぎにまたお店に寄らせてもらいますね」

ペギーさんはとてもいい人だが、次から次へと話題が出てくるお喋りさんでもあるので、話は早めに切り上げるほうがいい。

ところが、もう行こうとすると「ああ待って待って！」と強く引き留められた。

「今朝、ティルニ王国の珍しい野菜が入ったんだよ。試してみない？」

ペギーさんが見せてきたのは、牛乳瓶くらいの大きさのものに詰められた赤黒い実。

一瞬何かと思ったが、わかった後には歓声を上げてしまった。

「干しトマト！」

「エメ、知ってるの？」

「うん！　すっごくおいしいものだよ！」

これは買わねばなるまい。肉と一緒に煮込んでもいいし、ペースト状にしてソースにアレンジもありだな。瞬時に色々なレシピが頭に浮かぶ。

先に買っておいても邪魔にはならない大きさだ。常時なんでもそろっている大型スーパーなどと違い、この世界の買い物は争奪戦。他の人に取られる前に、確保しておくことにした。

幸いと、ペギーさんの好意でお安く譲ってもらうことができた。やはりご近所付き合いはよくしておくべき。


いい気分で商店街を抜け、学校に着くとレニは外で座って待っていた。中ではフェビアン先生が幼い子たちに本を読み聞かせているのが見えた。

最近、あの先生はいつ休んでいるのだろうと疑問に思っている。ひ弱そうに見えて、意外と体力があるみたい。まあ邪魔はしないでおこう。

「おはようレニ」

「ん」

挨拶を返すこともなく、レニはさっそく手を差し出してくる。はいはいわかってるよ。

私は案内のお金と、それから豆やパンを入れた袋を鞄から出して渡した。

「確かに。こっちだよ」

レニはさっそく受け取ったパンを齧りながら向かう。

そんな私たちの後を、何かおもしろくなりそうな気配でも察したのか、それとも授業に興味がないのか、何人かの小さい子たちが付いてきた。

街中で花や草が生えるのは、大きな道から外れた人通りの少ないところが主だ。私たちも花を売っていたのだから知っている。

だがレニが案内してくれたのは、中央区にある商家の裏だった。

「静かにしてね」

壁際に置かれた木箱に乗って、塀越しにそっと覗けば商家の庭があり、赤い菊のような花が目に入った。

「あれでしょ?」

レニがその花を指す。

確かに、花も茎も葉の形も、植物図鑑で見たのと同じだ。あれこそサンサレムの花だろうが…

「周り見てて。引っこ抜いて来てあげる」

「いやいやいや！　だめだって！」

慌ててレニの服を引っ張り、止めた。

「ここ、人の家だよ?」

「うん。なんか問題?」

「問題だと思ってないその意識が問題だよ。なんでこっそり取ろうとするの」

「頼んだってくれないよ。この家の連中はケチなんだ」

言い合ううち、後ろのほうから「何してる!?」との怒鳴り声がした。

やば、見つかった！

つい、反射的に逃げてしまった。言い訳を考えるよりも先に、大人の怒鳴り声を聞くと逃げたくなる子供の本能が働いたのだ。

別の通りまで出て、後ろから追いかけてくる者がないことを確認し、止まって息を整えた。

はあ、久しぶりだな、こうやって走るのは。まったく…

隣で同じように息を弾ませているレニを軽く睨む。

「咲いてるのを見たのって、あそこだけ？」

「うん」

レニはまったく悪びれない。なんだか怒る気も失せた。

「どうしましょうか」

リル姉も困った顔をしてる。今回の計画のきっかけになった花がないのでは、どうにもしまらない。

あの家の人にどうにか頼めないだろうか。悩む私たちの服を、付いて来ていた女の子の一人が引っ張った。

「あの赤い花なら、城壁の外で見たことあるよ？」

「え？　ほんと？」

その子はどこかの商家の手伝いをした時に、偶然外で見たことがあったそうだ。図鑑の白黒のスケッチではわからなかったが、実物を見たら思い出したのだという。

「案内してもらえる?」

「いいよ!」

快く引き受けてくれた女の子は、小さな両手を差し出してきた。

「おかね! じゃなきゃ、ごはん!」

くれ、ってか。くれ、ってことか。

「…計画的な流れじゃないんだよね?」

念のため確認するも、レニたちはそっぽを向いて答えなかった。


結局、対価を払い、ついでに付いて来てる関係ない子たちにも途中でご飯をおごってやった。とは言え、安い豆のスープくらいしかあげられなかったけど。

花を摘むだけで思わぬ出費を強いられたが、ま、子供たちが喜んでくれたのでよしとする。明日からはしばらく買い物を我慢しなきゃな。

案内されるまま、東の門を出ると大河があった。

こちらの門から出るのは初めてで、しばし雄大な流れに目を奪われる。ずっと上流のほうに船が何艘も浮かんでいた。

「あっちだよ!」

案内役の女の子が指すほうへ目を向ければ、緑の草の合間に色んな花の群れがある。

風に揺られる、サンサレムの丸い花も咲いていた。

すぐ駆け出して、その一群の中にしゃがみ込む。

菊に似た紅緋色の花びらが幾枚も重なり、中心部は黄色が濃い。まるで小さな太陽にも思える。

その明るい花にリル姉がそっと手を添えた。

「なんだか見てるだけで元気になれそうな花ね」

「ねー。色合いがいいよね」

姉妹でほのぼの言い合っている傍で、レニたちがさっそく花を引き抜いて籠に入れている。売る気なんだろう。うかうかしていると私たちの分までなくなってしまいそうだ。

しかし、せっかくのきれいな花畑で、まったく遊ばないのはもったいない。

サンサレムと他の花を取って茎を交差させ、それから一本取っては茎を同じように組み合わせていき、花冠を作ってみた。

「キッカ、おいで」

案内してくれた女の子を呼び、頭に冠をかぶせてやる。

「わ、なにー？　これー？」

「なにそれ教えて！」

「はいはい」

彼女らにせがまれるまま、花冠の作り方を教えてあげる。簡単なので皆すぐできるようになり、自分の頭にかぶせて楽しんでいた。

「これ、ジル姉にもあげようかしら？」

リル姉が作った花冠を見せて訊いてきた。私は、ファンシーな野の花に飾られるジル姉を想像してしまい、思わず吹いた。

「いいんじゃない？　きっと苦笑しながらもらってくれるよっ」

「ふふ。でも、意外と似合うと思うの」

「なら私は首飾りあげよーっと」

単に花冠の大きいバージョンに過ぎないものを、これでもかと色とりどりの花を使って作ってみた。鞄の中には入らないので、横に結んで吊るしとく。

しかしこれらは、夕方には萎《しお》れてしまうだろう。

なので別に、サンサレムを何本かナイフで切り、切り口に川の水で濡らした紙を巻く。ついでに、主役を引き立たせる小さな白い花を合わせて、リル姉お手製のパッチワークの布で包み、ブーケに仕立てた。布は昨日、私がジル姉の気を引いている隙にこっそり縫ってもらったんだ。

こちらはまともな贈り物。

軽く遊んで目的を果たし、日が高くなってきたのを見たら、そろそろ街に戻ることにした。

「じゃ、ありがとね！」

「こっちも助かった。ごちそうさま」

摘んだ花を売りに行くレニたちと別れ、お次は精肉店へ。

場所は普段からよく通っている、大通りの店だ。

「今日は牛肉があるぞー！　残り少しだ！　早い者勝ち！」

店に辿り着く前に、若い売り声が聞こえた。

出遅れたか？

急ぎ足で店先へ行くと、木箱の上に置かれた板の上には、あまり肉の部分が残っていなかった。

わずかに身が付いてるだけの骨や頭ばかりで、目ぼしいところはあらかた持っていかれたらしい。

もしかすると、予定より早めに荷物が着いてしまったのかもしれない。

「――お、リディル！」

私たちを、というか、リル姉を視界にいれるや、台の後ろに座っている若い男が目を輝かせる。

こいつもロッシの同類なんだよな。

「こんにちはハンク」

「おう！　って、ああ、妹もいたか」

続いて私を見つけたハンクのテンションが、わかりやすく下がる。

もちろんいるとも。お前の店に来る時は特にな。

笑顔で牽制《けんせい》しつつ、至って朗らかに話しかける。

「やあハンク。牛肉を買いに来たんだけど、いいところはもう残ってない？」

「いや、リディルのために残しといたぜ」

ハンクは一旦店の奥に入り、紙に包まれた赤い肉塊を持って出てきた。

「すね肉だけどよ、よく煮込めばうまいぜ」

「わっ、ありがとう！」

リル姉が本当に嬉しそうにお礼を言うものだから、ハンクが蕩《とろ》けた顔になる。

来るかもわからない客のために、わざわざ取っておいてくれたんだ？

「もしかして、ロッシに聞いたの？　私たちが来ること」

「え？」

予想を言ってみると、ハンクは目を逸らした。

「あー、まー、ちらっとそんな話をな」

「そうなの？　ロッシにも後でお礼を言わなくっちゃ」

リル姉ったら律儀。ハンクが舌打ちする小さな音が、私には聞こえた。どうやら水面下で勝手にバトルが繰り広げられている模様。

不毛な牽制をし合っているくらいなら、直接本人に告白するほうが効果的なのに。ま、簡単にそんな機会は与えてやらないがな！

しかし今日に限っては彼らに感謝しよう。そしてリル姉の魅力に万歳。さすがです。


「――おい」

支払いを終えた時、背後に気配を感じた。

正面にいるハンクが凍りつく。

振り返ればガラの悪そうな男が三人、彼を睨みつけていた。

「さっきはここにある分で終わりだと言ってたじゃねえか」

あ、まずい雰囲気だこれ。

さりげなくリル姉の手を引き、その辺に隠れようとしたが先に肩を掴まれた。

「待てよ」

と言われて待つもんか！

腕を勢いよく真上に伸ばし、背泳ぎの要領で手を外して脱出。

「あ、この！　肉よこせ！」

「リル姉そこに！」

「うん！」

男の一人が私たちを捕まえて肉を奪おうとするので、店先に階段積みされていた木箱に登って避難した。そして相手が登って来ないように、途中の段を蹴倒しておく。

まさか買い物がほんとの争奪戦になるとは。皆、肉大好きだな！　あるのにないって嘘つかれたことも癪《しゃく》に障ったんだろうが、酒でも入っているのかもしれない。

他の二人のうち、一人はハンクの胸ぐらを掴み、一人は店先で牛の頭が乗った板を叩き割って暴れてる。私が抱える肉を狙っている男もまだ諦めていない。

肉を渡して逃げるべきだったかもしれないが、これは滅多に手に入らない牛肉で、ジル姉へのプレゼントに使うものなのだ、絶対に渡したくなかった。払ったお金をこいつらがくれるとも思えないし。

ここは人の多い大通りだ、街を巡回している兵士が騒ぎを聞きつけ、もうすぐ飛んで来るはず。少し辛抱していれば逃げるまでもない。

下から伸びる手を足蹴にし、遠くまで響くように叫ぶ。

「兵士さぁぁーんっ‼　ここに暴れてる人がいまぁぁーーすっ‼」

「黙れっ！」

「きゃ⁉」

リル姉がスカートの端を掴まれて、やばいと思った瞬間、影が走った。

「うわあああっ！」

なんでか知らないが、ロッシが雄たけびと共に突如現れ、男はそちらに気を取られてリル姉を放した。

リル姉に会えると思って来たのかな？　どうでもいいがお前は暇なのか？　まあとにかく助かった！

「いいぞロッシ！　そのままいけ！」

応援してみたものの、低い姿勢で男の腰に抱きついたロッシは、襟首を掴まれ簡単に放り捨てられた。

あ、ロッシじゃだめだ。やっぱりだめだ。

再びこちらへ向かい来る男に身構える。

――が。

「ぐがぅうっ⁉」

およそ人の声には聞こえ難い、奇妙な悲鳴が響き、私たちも私たちに向かっていた男も、動きを止めてそちらを見やる。

そこには、仁王が立っていた。

兵士よりも数倍頼もしい、我らがジル姉様の足元には、すでに屍《しかばね》が一つ転がっている。

普段から鋭い目付きをさらに尖らせ、残りの二人に突き刺していた。

「うちの子らに、何か用か？」

地を這うような低い声音で問う。いや、脅してる。

「なっ、お、おらぁぁっ！」

恐怖に耐えかね、殴りかかった男の拳を、ジル姉はほとんど動かずにかわし、腰の捻《ひね》りを加えた拳を相手の腹へ叩き込む。

たった一発、受けた男は吹っ飛んで、地面を目算でおよそ五メートルに渡って滑り、集まっていたギャラリーの群れに突っ込んだ。

なにこれ漫画？

ジル姉の超人ぶりに唖然としてしまう。相手、内臓破裂してないかな？　大丈夫かな？

そんな心配をうっかりしていたら、いきなり足を掴まれ引きずり降ろされた。

「エメっ‼」

リル姉が私を掴もうとしてくれたが間に合わず、汚い腕の中に拘束されてしまう。

「う、動くな！　こいつ殺すぞ！」

やば、しくじった。だが大人しくなんてしてないぞ！

相手が武器を持っていないことを素早く確認し、太い男の腕に思いっきり噛みついてやる。

同時に、頭上でごしゃ、と何か潰れるような嫌な音がした。

「――んあ？」

口を離すと拘束が緩み、男が後ろへ倒れる。

解放された私の目前にはジル姉が、そして上では、リル姉が干しトマトの詰まった瓶を両手で構えた状態でいた。

倒れた男の顔は鼻が変なふうに曲がってる。どうやら私が噛んだ瞬間に、ジル姉が男の顔面に拳を叩き込み、リル姉が瓶で頭を殴りつけたらしい。

三姉妹の連携プレー。いや、まあ、ちょっとむごかったかもな。

「エメ大丈夫⁉」

リル姉が急いで木箱の上から降りて、怪我の有無を確認する。

「大丈夫だよ。ありがとう」

「リルはどこも怪我してないか？」

「ないわ。ジル姉のおかげよ」

するとジル姉は深い溜め息を吐いた。

「まったくお前らは…」

リル姉と私の頭に手を乗せ、なでてくれる。ジル姉も心から安堵しているのが、それだけで伝わってきた。

遅れて兵士が到着し、ハンクや私たちに事情を聞いて、気絶した男たちを速やかにしょっぴいていきました。一件落着。

ちなみにロッシとハンクも大きな怪我はなく、リル姉に手当てされて何度もお礼を言われてすごく嬉しそうにしていた。今回ばかりは私も感謝の気持ちがあったので、邪魔をしないでやった。

「本当にありがとう、助かったわ」

「い、いやあ、リディルのためならこのくらい…」

「そうそう、気にすんなって！」

だが、いざチャンスがあったらあったで浮かれてしまい、大したことを言えなくなるから、こいつらはだめなんだよな。

「そういえばジル姉はなんでここに？」

荒らされたハンクの店の片付けを皆で手伝いながら、ジル姉に訊いてみる。今日は家にいるんだと思っていたのに。

「お前たちの様子がおかしいから、嫌な予感がして探してた」

え、あれ、気づかれてた？　全然普通にしてるつもりだったんだけど。

「おかしいって、どの辺が？」

「エメが妙に喋って、リルが妙に黙ってたところだ。何か企む時のお前らは大体そうだろう」

うわあ、把握されてたか。

「そうしたらエメの声が聞こえてきて焦ったぞ。一体何をしてたんだ？　そのブーケやら靴にさげてる花やらはなんなんだ」

ジル姉の目が、見せたくなかったプレゼントたちにとまる。

あーもー、予定狂ったぁ！　家に帰っていきなり『ありがとうジル姉！』って、クラッカー鳴らす勢いでやりたかったのにぃ！

ジル姉はお説教モードに入ってる。ちゃんと説明しないと、追及をやめてはくれないだろう。

私とリル姉は顔を見合わせ、深い深い溜め息を吐いた。


「――エメと！」

「リディルの！」

「三分じゃ到底できないクッキングー！」

家の竈の前に立ち、なかばやけくそになって叫ぶ。

「…何が始まった？」

「わかんないけど、エメがこう言ってからやろうって」

ジル姉はテーブルに肘をつき、私たちをぼんやり眺めている。そんな彼女を飾っている萎れた花冠と首飾りは、私が無理やり付けさせた。途中でばれたのが悔しかったもんだから、腹いせに。

「わざわざこんなことしなくても、いいんだぞ？」

「準備しちゃったもん！　ジル姉は大人しく待ってて！」

「わかったわかった。ま、期待はしてるよ」

そう言ってもらえたことで、改めて気合を入れ直す。サプライズができなかった分は料理で取り戻すしかない。

まず油をひいた鍋で玉ねぎをきつね色になるまで炒める。できたら取り出し、すね肉をナイフで食べやすいよう切り分け、塩を振って両面焼いて、先程の玉ねぎを上に乗せる。

ここですぐさま麦酒と水を加え、干しトマトを数種のハーブと共に投入。あとはひたすら、とろとろになるまで煮込むべし。圧力鍋がないため忍耐が必要だ。しかし今さらだがこれ、夏の料理ではないな。メインの材料がすね肉だからなあ。いや、でもおいしければなんでもいい。

スープにトマトの色が出てきて、サンサレムの花のような明るい色に染まる。いい香りが棚の薬草たちの匂いを押さえつけて家中に広がった。

灰汁《あく》を取り、肉の硬さを確かめて、よさそうになってきたら最後に塩で味を調え、完成！

早めに作り始めたおかげで、なんとかいつもの夕飯の時間には間に合った。

ジル姉の皿にはたっぷり肉を分けて、テーブルに置く。

「お待ちどおさまです！」

「どうも。うまそうだな」

さっそくジル姉が肉を一口。この時には、さすがに冠と首飾りを取っていた。

「うまいっ」

ジル姉は軽く驚いてすらいた。よしよし。それを見届けてから、私たちも自分の分をよそって食べた。

味見したのでわかっているが、干しトマトや炒め玉ねぎのうまみと風味がきいて、とってもいい感じだ。

「よく作れたな？」

「エメが考えてくれたレシピなのよ。こんなにおいしくできるなんて、さすがエメね」

リル姉はスープを飲んで幸せそうに言う。しかし、私の名前が出ると途端にジル姉は食べる手を止め、皿の中身を注意深く窺い始めた。

「…変なものは入れてないだろうな？」

「入れないよ⁉　人体実験はしないよさすがに！」

「大丈夫よジル姉。私がちゃんと見てたもの」

「え、リル姉も疑ってたの？」

「そ、そういうわけじゃないのよ？」

リル姉は慌てて両手を振る。なんだかなあ。

「――ま、それはともかく」

信用問題については置いといて、ここらで言うことをきちんと言っておこう。

一旦食事を止め、まだ正式には渡していなかったブーケを持ち、ジル姉の横に回った。

「改めまして。ジル姉、私たちのことを家に入れてくれてありがとう！」

「ありがとう！」

お礼の言葉と共に、ブーケを渡す。

ジル姉はスプーンを置いて、やや気恥ずかしそうに受け取った。

「助かったのは、私も同じだ」

「私たちのほうが度合いが大きいよ。生まれた時からずっとついてなかったけど、ジル姉に会えて、それがすっかり変わったんだもん」

「ジル姉が家族になってくれたおかげよ？」

私の言葉をリル姉が継ぐ。

「住む場所をくれたことだけじゃないわ。ジル姉は私たちに誰よりも優しくしてくれた。ずっと私たちが欲しかった、温かいものを与えてくれたの。だから、本当に、心から、ジル姉には感謝してるわ」

「そゆこと。つまり、要約するとね？」

さりげなく私は反対側に回り込み、リル姉と視線を合わせ、にっこり笑う。

「ジル姉大好きっ‼」

勢いよく両方から抱きついた。

元兵士が不意を突かれて、寸の間、何も言えない。が、やがてブーケをテーブルに置き、長い腕で私たちを抱きしめた。

「――私も、お前たちが大好きだよ」

そっと囁かれる声に、この上ない幸せを感じて。

私は、自分が決して誰かの悪意によって、ここに生まれ落ちたのではないのだと確信できた。

《了》

転生不幸　1
～異世界孤児は成り上がる～

＊本作は「小説家になろう」（http://syosetu.com/）に掲載されていた作品を、大幅に加筆修正したものとなります。

2015年8月20日　第一刷発行

著者 ……………………………………………………………… 日生
©HIU 2015
イラスト ……………………………………………………………… 封宝
発行者 ……………………………………………………… 及川 武
発行所 ……………………………… 株式会社フロンティアワークス
〒173-8561　東京都板橋区弥生町 78-3
営業　TEL 03-3972-0346　FAX 03-3972-0344
アリアンローズ編集部公式サイト　http://www.arianrose.jp
編集 ……………………………………………………………… 原 宏美
フォーマットデザイン ………………………… ウエダデザイン室
装丁デザイン ……………… 小林博明（K プラスアートワークス）
印刷所 ………………………………… シナノ書籍印刷株式会社